初美《はつみ》

佐々木やす子

風媒社

はじめに

太平洋戦争と母の病死。一宮の空襲で家を焼かれ、亡母の実家の知多郡に着の身着のままで転がり込みました。十二歳の時でした。故郷とも言えるそこでの暮らしが始まり、それから半世紀余り――。その間、紆余曲折を体験して卒寿が過ぎました。

歳月を懐かしく振り返りながら、遠い昔の記憶を元に書いた創作と七十三歳の時に誕生した初孫の「初美」の成長を綴ってみました。

II 喜怒哀楽 ――戦争前後のくらし

I

初美

初孫

初孫の初美は、一歳四カ月になった。ひと月前のお盆の頃には、アンパンマンが印刷されたパンの袋を抱えて、「パン、パン、パン」と言っていたのが、今では両手の拳を振り上げて「アンパンマン」とはっきり言えるようになった。他にも「キティちゃん」「ネェコ」「ワンワン」「ミカン」「オモチャ」、バナナを「バァニァ」、お花を見て、「オアニャ、キレイ」と片言交じりの言葉だが、かなり覚えた。お八つ（おやつ）を食べて「オイチイネ」とか、動物や人形の縫いぐるみを抱いて「カァイイ、カァイイ」、親指を立てて「メッ」も表現できる。日毎に多くなる言葉と、意味不明の言葉で絶えず喋っている。

黙っている時は、大きい封筒の中から冊子を出し、それをまた封筒の中へ入れようと、悪戦苦闘をしている時か、ウンチを頑張っている時ぐらいで、初美がいるだけで家の中が賑やかである。

一歳を過ぎても歩けない初美を、九月の初め頃に食卓に掴まらせてやったら、ヨチヨチと伝い歩きを始めた。何分にもヨチヨチで足元が定まらず、尻餅をついたり、仰向けにひっくり返って「ウアー、ウアー」と泣くが、すぐに泣き止む。繰り返しつかまらせてやると、飽きもせずにヨチヨチと時計回りに伝い歩きを続け、疲れると、「アーアー」と呼ぶ。座らせてやると玩具のコーナーにいざって行き、積み木や玩具を部屋中に放り投げて、その隙間を奇声を上げて動き回る。時には積み木を二、三個積んでは、手を叩いて喜ぶ。

時計回りにしか伝い歩きができなかったのが、十日もすると右にも左にも行けるようになった。片手を放してみたり、食卓の上に置いてある新聞やテレビのリモコンを放り投げたりするようにもなった。物を放り投げてバランスを失い、尻餅をついたり、ひっくり返ったりするが、それにも慣れたのか、余り泣かなくなった。

ある日、初美に夕食を先に食べさせ、私たちの食べ物を食卓に並べ始めたら、玩具で遊んでいた初美が這ってきた。食べ物に釣られて一人で掴まり立ちができるかも、と初美が到着する前に食卓の上を整えて、見守ることにした。初美が辿りついて、立たせろ！という態度で騒ぐのを皆が無視をする。甘えが効かないと思ったのか、食卓に手を掛けて掴まろうと頑張って、何度も挑戦しているうちに、やっと一人で立てた。

汁物をひっくり返されたら大変と、汁椀を食卓の中央に移動させている間に向こうに回って、トマトを鷲掴みにしてかぶりついた。

「初美は、お腹いっぱい食べたでしょ」と、畳の上に座らせたが、一人で掴まり立ちができるようになったから、すぐに立ち上がり、あっという間に塩茹でをしたブロッコリーを摘まんでむしゃむしゃと食べる。

ママが初美を抱えて隣の部屋の一番奥に、置いてきた。食卓までいざって来るまでに食べようとするが、一口、二口を口に入れると、もう手と足とお尻でいざって来て立ってしまう。

仕方がないので、ママと私が交替で食べることにした。まずママが初美をつかまえて、玩具コーナーで遊ばせている間に、私が大急ぎで食事を済ませてママと交替をした。

初美が玩具を放り投げ、その中から動物の縫いぐるみや人形を私に押し付ける。私が「可愛い、可愛い」と胸に抱くと、初美も同じように抱いて「カァイイ、カァイイ」という。縫いぐるみが逆さまであろうが横向きであろうがおかまいなしだ。しばらくすると、縫いぐるみを放り出し、今度は、積み木の箱から積み木を放り投げる。それを二つ、三つと拾って積むと、すぐに真似をして積み始める。

四つ、五つと上手く積めると、大喜びで手を叩くが、すぐにガチャンと崩してしまう。それも二、三回繰り返すと飽きてきて絵本を持ってくる。初美用にしている本は『あかいりんご』『ママだいすき』『おふろ』『うさこちゃんとどうぶつえん』の四冊だ。どの本も、ママが小さい時に何度も読んだ絵本だ。

初美が好きなのは、『ママだいすき』の中のキリンの親子が顔を寄せ合っている絵の「おはなしもにょもにょ」というのだ。私が優しい声で読んでやると、初美も優しい顔で笑う。きっと「もにょもにょ」の語感が快いのだろう。次の頁のへびの親子の「ほにょもにょ、ほにょもにょ」は、声のトーンを下げて読むと、これには前と違った表情で聞いている。

こうして遊んでいるうちに、おじいちゃんとママの食事も終わり、初美に邪魔をされないように急いで食卓を片付ける。おじいちゃんも、お皿や汁椀をあちこち移動させられて落ち着かなかったようで、「何だか、変な気分だなあ。食べたのか、どうだかわからんな」と言う。

「ああ、疲れちゃった」

私も、ママも溜息しきり。

「明日から、初美と一緒に食べるほうが良いかもしれないよ。大変だと思うけど……」

その翌日からは、同じ時間帯に一緒に食事をすることにした。一緒に食べるので、初美も食卓の周りを動き回らない。でも、自分で食べたいので手掴みにするから、手も頬っぺも、ご飯粒とおかずだらけで、エプロンもべとべとになるが、動き回らないだけでも助かった。

手を拭き、顔を拭いてほっとしたのも束の間、少し残っていたおかずの入れ物を、初美が片手で持って、ぐいっと飲もうとしたが、上手く口に入らずに汁と実が食卓とエプロンにこぼれてしまった。

思うようには、なかなか進まない。気を緩めないで見ていくしかなさそうだ。

そして嬉しい日が訪れた。

「おい！　立ったぞ！　立ったぞ」

突然おじいちゃんの声がした。保育園から帰って汚れたタオルを洗っている時だった。

驚いて手を拭きながら飛んで行くと、初美がゆっくり、ゆっくり立ち上がり、にっこりすると、ゆっくり座る。それを何度も繰り返す。立つ度に足元がしっかりしてきて、何度目かに自信が付いたのか、立ったまま手を叩いて喜んだ。一人歩きの日も遠くはなさそうだ。


今日も初美は元気いっぱい。

私の作った離乳食を「オイチイネ、オイチイネ」と言いながら食べてくれる。その言葉を聞くと嬉しくなって初美を抱きしめる。

今朝も、保育園に送る車に乗せるのに、玄関から駐車場までの十一段の階段を、抱いて降りる。

生まれた時の三倍以上になった、体重九キログラムの初美は、重い、重い。

かえるとうさぎ

初美が一歳半から二歳半くらいの間は、かえるのイラストが大好きで、パジャマにエプロン、ゴム草履に靴下、茶碗にコップまで、かえるのイラスト入りの物たちが、初美の身の回りで活躍していた。

ご飯茶碗とコップはお揃いで、澄ました顔のかえる、お話ししているかえる、腕枕で寝ているかえるが描かれていて、可愛いので初美のお気に入りだった。

パジャマは小さい車に乗ったかえるが並んでいて、これも可愛い。他のパジャマと、順番に洗濯しては着替えるので、かえるのパジャマが回ってくるのが待ち遠しい。「キョウハ、カエルチャンガイイ」と言っても、思い通りに運ばない日が多かった。ゴム草履はスリッパ代わりに履かせようと思って購入した。頭の上に傘をさして大きい目をしたかえるが気に入って、履きたいのだが足の指がまだ上手く鼻緒に掛からなくて、なかなか歩けなかった。でも、そのうち上手く歩けるようになった。

スーパーマーケットに買い物に行くと、必ず「青柳ういろう」のウインドウの前に立ち、

中に飾ってある陶器やガラスのかえるを飽かずに眺めて、

「オバアチャン、キテキテ」と私の手を引っ張って連れて行く。

「コレハ、ネンネシテイル、カエルチャン」

「コレハ、オスワリシテイル、カエルチャン」

「そうだね。よくわかるね」

「コレハ、パパトママト、ハッチャン」

「本当だ。大きいのと中ぐらいと、小さいかえるが、並んでるね」

一つひとつを指差して、思ったことを話してくれる。

こんなにかえるが大好きなのに、雨の日のグッズには、かえるが登場してこない。長靴はピンク地に花柄だったし、レインコートは黄色に茶の格子柄の地味な物だった。

保育園で友だちが、かえるの顔の付いた長靴を履いていたら羨ましくて、側に寄って行って眺めていた。友だちが長靴を脱いで部屋に入ったのを見届けると、こっそりと靴箱から出して足を入れてみる。でも、他人の物という意識はあるらしく、元の靴箱に返して未練がましくいつまでも見つめていた。

またある時、帰り道でかえるの目がぴょんと立っている傘を差している友だちを見た初美は、

「ワッ！　カエルノカサ！」と叫びながら走って行き、一緒の傘に入れてもらって嬉しそ

うだった。

家に帰ると、落書き帳を持ってきて、

「オバアチャン、カエルカイテ」と言うので、下手なかえるを何匹書いたことか。かえる、かえるの毎日だった。


ところが二歳半ばを過ぎて、ひな祭会の劇でうさぎの役をもらい、順番に一言ずつ言うだけの練習を何度も繰り返しているうちに、今度は、すっかりうさぎが気に入ってしまい、うさぎ、うさぎの毎日になってしまった。

だからと言って、かえるが嫌いになった訳でもない。その証拠に「青柳ういろう」のウインドウの前にはいつも連れて行かれるし、飾ってあるかえるの話も前と同じように上手に話してくれる。

でもそれ以上に、うさぎが好きになったらしい。

ハンカチを巧みに曲げて、

「ホラ、ウサギサンノミミダヨ」とか、タオルを丸めて、「ウサギサン、ダッコシテルノ」と胸に抱いたりして、かえるへの関心とは、違う成長振りを見せる。

そんな初美に、ママがうさぎの絵の付いたハンカチと上履きを買ってきた。そして窮屈になった花柄の長靴の代わりに、赤い地色に図案化されたオレンジ色のうさぎが並んだ長靴と傘とレインコートのお揃いを買ってきた。

初美は大喜び。ちょっとでも雨が降ろうものなら、

「ナガグツ、ハク」と大騒ぎ。傘はまだ差せなかったが、一生懸命差そうとしていた。

極め付けは、二歳児組の終わりに先生が一人ひとりに、

「大きくなったら、何になりたいですか」

と聞かれた時、初美が、

「オオキクナッタラ、ウサギサンニナリタイデス」と言ったことだ。先生は笑いもせずに聞いてくださって、――『大きくなったら、兎さんになりたい』と言ってました。可愛いですね―と、連絡帳に書いてくださった。

あれから一年近く経過して、大きめだったレインコートもピッタリになり、傘を差したまま門から十一段の階段を上手く昇ることができるようになった。

初美 一歳七カ月

十二月十一日、初美は一歳七カ月になった。

初美はこの日、インフルエンザ予防接種の二回目を受けることになっていた。

保育園では胃腸風邪が流行っているというので、大事をとって十日と十一日は、保育園を休ませた。

十日は冷たい風が吹いていたが、天気が良いので家の向かいにある神社に散歩に連れて行った。境内には宮沢賢治の〝どんぐりと山猫〟よろしく、大きいの、小さいの、丸いの長いの潰れたのと、様々などんぐりが一杯落ちている。初美は喜んで「どんぐりころころ」と何度も繰り返し歌いながら、地面に座り込んでどんぐりを拾い、私が持って行ったビニール袋にどんどん放り込む。虫喰いだろうが潰れていようが、お構いなしだ。そのくせ、皮がめくれてポロリと取れたりすると、「ゴミ、ゴミ」と言って私に渡す。そのうちに境内の砂利の中から、気に入った石を拾って袋の中に入れる。どんな石かと見ると、綺麗でも、形が良い訳でもない。手触りがよくもない何の変哲もない石だが、初美には興味のある石なのだろう。

どんぐりと石をたくさん拾い、ビニール袋をぶらさげ、鳩が群れてどんぐりを啄んでいる場所に向かって、「チュッチュ、チュッチュ」と言いながら歩いて行く。鳩たちは初美が進む距離だけ後退して行く。初美はそんなことには構わず、どんどんと進んで行く。遂に追い詰められた鳩の群れは一斉に飛び立ってしまった。「アァア、イッチャッタ」と初美が残念そうに空を仰ぐ。「お家に帰ろうか」と言うと、「カエロッカ」と答えたので道に出た。

途中、坂道の端に座り込んで、持っていたビニール袋を逆さにして振ったので、拾ったどんぐりと石がこぼれて坂道を転がっていく。「わあ、大変！」と転がるどんぐりを袋に入れようとしたら、初美が私の持っていた袋を横取りした途端に、ぱっと手を放してしまったからたまらない。強い風に煽られて、袋は空高く舞い上がり飛んで行ってしまった。

「さ、お家に帰ろう」と手を引いて家に着いた。

服の埃を払い、手を洗ってやり、やれやれと思ったら、「どんぐり、ころころ」と歌うので「？」と手元を見ると、いつの間に入れたのか、小さなポケットから三個のどんぐりを出している。「まあ、あんたって子は……」と言いながら、もう一度とどんぐりを洗ってやり、部屋に連れて行ったら、それを放ったり転がしたりで一人で遊んでいた。

翌十一日はどんよりと曇った寒い日だった。

午後のおやつを食べてから、予防接種を受けるためにかかりつけの小児科医院に行く。看護師が体温を測りに来ても、顔見知りになっているので、にこにことおとなしい。「初美ちゃん、どうぞ」と呼ばれると、少し緊張して私にしがみ付いた。

身体の前後に聴診器を当てられ、ちょっとべそをかき、「ああん、として」と言われると、「ギャーー」と大声で泣いた。「大きな口だね。よぉく見えるよ」と先生。

「問題ないですね。じゃあ注射を打ちましょう」

先生の言葉に続けて「おばあちゃん、向かえ合わせに抱っこして手を押さえてください」と看護師が言う。

初美はいつもと違う雰囲気にまた泣いたが、注射は瞬間に済んだ。終わったとわかると、大粒の涙をほっぺに乗せたまま「オワリ！」と、大きな声を出してにっこりした。年配の看護師が「初美ちゃんには、参った参った」と言いながら、キャラクターのシールを持たせてくれた。初美はご機嫌で先生や看護師に「バイバーイ」と手を振って帰った。

家に帰って風呂の支度をする。浴槽に水を張り、脱衣場と浴室の暖房リモコンをセットする。夕食の準備が終わった頃風呂が沸いた。「初美ちゃん、お風呂入ろうか」と呼ぶと、トコトコとやってきた。脱衣場に入り「アッタカイネ」とにこにこ顔。家中で一番冷える位置にある脱衣場と浴室に暖房設備をしておいて良かったと思う。

素早く服を脱がせ、紙オムツを取るとウンチだ。そっとオムツを剥がしたらお尻はあまり汚れていなかった。ティッシュペーパーで拭き取って浴室に入れて、お尻の洗い方に戸惑っていたら、なんと、都合よく「ライオン、ライオン、ガオー」と初美は四つん這いになっている。洗い桶に湯を汲んで楽にお尻を洗うことができた。

足にお湯を掛けて、少しずつお湯に慣らしてから浴槽に入れてやる。浴槽の左右に付いた短い手摺りに、初美が両手を広げて掴まり、両膝を床につくと肩まで湯に浸かる。

首を傾け、お湯に口を付けて「ブクブク」と息を吐く。上手にできると「ジョーズ、ジョーズ」と自分を褒める。その度に少しお湯を飲んでしまう。風呂の湯は飲み物でないことを覚えさせようと、「初美ちゃんのお茶はあっちにあるから、飲んじゃ駄目！」と言い聞かせるが、効き目がない。何度も繰り返すので「飲んだなあー」と言ってやると、次に飲んでしまうと「ニョンダニャア」と真似て、にやりとする。

洗い場にキティのマットがあり、それがお気に入りなので、マットに座らせて手早く頭と身体を洗ってやる。空になったシャンプーやリンスのボトルが、初美の玩具だ。並べたり、倒したり、放り投げたりしてよく遊ぶ。

洗い終わったら身体を温めるために、もう一度浴槽に入れてやる。浴槽から出してオムツを着けてパジャマを着せるのだが、これがまた大騒動だ。パジャマを着せてスナップを留めると、すぐにパチパチと外してしまい、こちらが躍起になると「キャッ、キャッ」と喜んで、手に負えない。力ずくで何とか着せてやれやれだ。脱いだ物を片付けて一息付く暇もなく、食事の支度にかかる。要領よく食卓に並べないと、初美が滅茶々々にするので、食べ物をお盆に載せて、少しくらい動いてもこぼれない物を先に、次は汁物やご飯を一気に運ぶ。その間にも、初美が「タベル、タベル」と言いながら、私に付き纏って離れない。

食卓が整うと自分の椅子に腰掛けてポケットつきのエプロンを着けて「イタダキマァス」

と手を合わせ、おかずを手掴みで食べ始める。ご飯と味噌汁は赤ちゃん用のスプーンで、ポロポロ、ベチョベチョと一杯こぼしながら口に運ぶ。味噌汁の実を食べてしまうと、両手でお椀を持って汁を上手に飲む。

最後に「ヨーグリコ、ヨーグリコ」と言って冷蔵庫の方に歩いていく。ヨーグルトを食べさせて、やっと夕食が終わった。お茶を飲んで「ゴチ、チョウチャマ」と手を合わせ、すぐに「ハミガキ、ハミガキ」と歯ブラシを持ちたがる。歯磨きの習慣を付けさせるチャンスと、おだてながら少し手伝って歯磨きも終了した。

今日はママが仕事の都合で、帰宅予定が十一時を過ぎると聞いている。パパが会社を早めに退社して迎えに来ると言うが、いつも終電で帰るパパの早めは十時過ぎになるだろう。パパが来るまでに食事の後片付けをしようと台所に立ったが、すぐに初美が「ダッコダッコ」と纏わり付いてくる。「待っててね、待っててね」と歌うように言うと「マッテテネ、マッテテネ」と真似をしながらソファに登った。しばらく遊んでいたが、端に寄ってきたので「落ちるよ！　じっとしてて」と言った途端にカーペットの上にストンと落ちて泣きだした。ちょっと抱かれてすぐに泣き止むと、今度は調理台の引き出しを開けて中の物を出したり入れたりして遊ぶ。

そのうちに自分の体の重みで引き出しが閉まっていく。「危ない！」と思った瞬間に手を挟んだ。大泣きをする初美を抱き上げ、手を擦ってやりながら「痛いの痛いの、飛んでけっ！」と何度も繰り返したら、「イタイノ、トンデッタ」とけろっとしている。

次は、低いテーブルの下に落とした紙を拾おうとしてしゃがみ、立ち上がるのにテーブルに手を付いたら、上に乗っていた紙が滑って転んでしまった。「ウエーン、ウエーン」とまたひと泣きだ。

しばらくして、両手に一冊ずつ絵本を持ってきた。

「手を拭いてから読んであげるから、待っててね」と、手を拭いている間に、片方の手から絵本が足の上に落ちて、また大声で泣く。「大丈夫、痛いの飛んでったよ」と言いながら、足を擦ってやると「ダイジョウブ」とまた真似をする。落とした絵本を拾って読んで、という仕草で差し出した。

洗い物を中断して読み始めると私の手を遮って、自分の手で馬の絵のページを開いて「オンマハミンナ、パッパカハシル」と歌いだす。私も一緒に歌おうとすると、もう他のページを開き象の絵を見て「ゾーサン、ゾーサン」。私が追いつく暇もなく、お猿のページを開けて「アーイアイ、アーイアイ」とお猿の歌だ。

そのうち本にも飽きて、リビングをトコトコ、トコトコと歩き出した。眠くなったのか、歩く足がもつれて何度も尻餅をついて、その度にちょっとだけ泣く。

十時過ぎに玄関の開く音がした。初美が耳聡く聞きつけて「ママ、キター」と嬉しそうな顔を見せる。玄関に行くとママではなく、大好きなパパだったから、大喜びでパパに抱きついた。パパも仕事の疲れも忘れたように初美を抱いたままで、私が用意しておいた食事を済ませて、二人仲良く帰って行った。

初美のおしゃべり

初美が二歳三カ月になった。

いつものようにパパとママと一緒に朝食を食べにやってきた。パンとチーズとヨーグルト、それに果物を食べると、パパとママは会社へ出かける。

初美が「イッテラッチャーイ、バイバイ」と大きな声で見送った。今日保育園が休みで、一日中おばあちゃんと一緒だ。おばあちゃんは食事の後片付けや洗濯で忙しい。掃除を始めると、「ハッチャンモ、ヤル」と言って掃除機を持ちたがる。ほんの二、三十センチしか掃除機を動かすことができなくて、効率の悪いこと。でも、おばあちゃんは焦らずに初美に合わせている。

掃除が終わると、全自動で洗濯が仕上がっているので洗濯物を干す。ここでも初美は大活躍だ。「オチナイヨウニ」と呪文のように唱えながら、傘の骨のような形をした室内物干しにどんどん掛ける。裏も表も、前も後ろも関係ない。皺くちゃでも兎に角「オチナイヨウニ」と言いながら干している。おばあちゃんは「ありがとう、ありがとう」と言いながら、初美の目を盗んで、表返したり皺を伸ばしたりして干し直す。長い時間を掛けて干し終わり、やれやれと思ったら、もう昼食が間近になっていた。

〈そうそう、冷蔵庫に鶏の挽肉が有ったから素麺と野菜の味噌だれにしよう〉。おばあちゃんは素麺を茹で、味噌だれを作って「初美ちゃん！　ちゅるちゅるができたよう」と呼んだ。「ワー、チュルチュルダー」と走ってきた初美にエプロンを付けて、食卓に着かせる。素麺に味噌だれをかけてやると、「イタダキマース」と言って自分用のフォークでちゅるちゅる、ぱくぱくと食べる、食べる。何度もおかわりをして食べた。食後に凍らせたデラウエアを、一粒、一粒口に入れて美味しそうに食べ終わり、自分でエプロンを取った。

おばあちゃんが後片付けを済まして「初美ちゃん、お買い物に行こうか」と誘うと、初美は大喜びで「オカイモノ、イコウネ」と、とことこ歩いてきておばあちゃんと手を繋ぎ「オバアチャン、カギハ？」と聞く。「まだ出してないよ」と言うと「ハッチャンガ、ダシテアゲル」。言いながら玄関の鍵が掛けてある場所から取ってきて「オバアチャンノカギ、ハイドウジョ」と渡す。

靴を履いて「出発進行！」「シュッパツシンコウ！」。

十一段の階段を、おばあちゃんと手を繋いで一段一段降りる。道に出ると、向かいは大きいマンションの建築現場。初美が塀の間から中を覗いて入って行こうとする。

『『ここから入っちゃ駄目』って書いてあるから、入っちゃ駄目なの」。おばあちゃんに手を引っ張られて、その場に立って覗いている。

現場では、汗びっしょりでスコップを握っている若者が二人。その人たちに向かって大声で「オニーチャン、オニーチャン」と何度も繰り返して手を振る。若い作業員が思わず振り向いて手を振ってくれる。何度も繰り返す初美に「お兄ちゃんは忙しいから、もうバイバイしようね」と促すと「オニイチャン、バイバイ」と手を振って歩き始めた。

しばらく歩くと、店の前で緑や黄色の羽のインコを何羽も飼っている喫茶店があった。鳥の声を聞きつけた初美が「チュッチュッ、チュッチュッ」と近寄って行き、じっと見つめて「チュッチュッ、カワイイ」と鳥籠の前から離れようとしない。初美の動きに感知した喫茶店の自動ドアが開き、慌てて初美を抱いて立ち去った。銀行の前の横断歩道を渡って目的のスーパーマーケットへ着いた。

中に入ると正面に時計屋がある。「コレハ、トケイ」「コレハ、トケイ」と次々に触れそうになるので、「これは、みんなよその時計だから、触っちゃ駄目！」と言うと、「コレハ、ヨソノトケイ」と言いながら、隣の婦人服店でも「コレハ、ヨソノオヨウフク」と触りたいのを我慢して通り過ぎていく。

おばあちゃんに手を引かれ少し歩いて、エスカレーターで地下に降り、パン屋に直行した。

「初ちゃんの好きなパンはどれかな？　これかな？　触ったら駄目だよ！」「コレ、コレ」と初美が指差すパンをトレーに取り、次のパンを取りながら、おばあちゃんはふと、あの日の出来事を思い出した。

初美が「ワッ、パンダ！」とパンの並んだ台に走り寄った。「触っちゃ駄目よ！」。おばあちゃんが叫んでいるのも構わず、これと思うパンに飛びついてアッという間にかぶり付いた。驚いた上に、買う心算《つもり》のないパンを余分に買う羽目になった。

〈三、四カ月の間にこんなに聞き分けができるようになって……〉と成長を喜んだのも束の間、突然初美がとんでもない方向に走っていく。驚いたおばあちゃんは、レジのお姉さんにパンを預かってもらい、初美を追いかけてやっと掴まえた。パン屋でレジを済ませるのに手を離した途端、今度は野菜コーナーを通り過ぎ、鮮魚コーナーへ走って行く。

おばあちゃんは、パンの袋をぶらさげて初美の後を追う。追い付くとおばあちゃんの手をつかまえて「オバアチャンハ、ココデマッテテ」と言ってまた、びゅーんと走り出す。角を回ったのを確認して初美を追跡、角を回るともう三筋も向こうの洗剤売り場の前で笑っている。これでは買い物などできないと、最低限必要な物だけを籠に入れて初美を掴まえてレジを出た。

スーパーを出て横断歩道を渡ると、来た道とは反対の道に行くと言ってきかない。銀行の東側を通って神社の前に着くと、「カイダン、カイダン」と言いながら、石段に向かって行く。「階段登りたいの」と聞くと「ハイ」と答える。おばあちゃんは、片手に荷物、片手に初美の手を引いて階段を登った。

途中で動いている蟻を見つけて、しゃがみ込んだ。「アリチャン、コッチイクノ?」「アガルノ」「アリチャン、ガンバレ!」と蟻の動きに合わせて、身体を右に左に寄せたり、しゃがみ込んだりで、家は目の前なのに中々辿り着けない。ようやく石段を登り切り、境内を横切ろうとすると、よちよち歩いている鳩を見つけ、「チュッチュチャン」と後を追いかけ回すので、鳩は飛び立ってしまった。「さあ、お家に帰ろう」と手を取ると、「マンマンマンアン、スル」と言う。それでは、と一緒にお社の前で、二礼二拍手一礼を教えると上手くできた。でも、家に帰ったら、仏壇の前でも手を叩くのだろうな、と少し心配になる。

境内を通り抜けて裏側に出ると、家はもうすぐそこ。初美を引っ張るようにして階段を登り、やっと着いた。靴と、靴下を脱がせて洗面所に連れて行き、初美の椅子を踏み台代わりにして、洗面所の前に立たせる。ハンドソープを手に付けてやると、「アワワ、アワワ」と大喜びで上手に手洗いをする。泡を洗い流して初美の好きなシャオロンのタオルで手を拭いてやる。

手がきれいになったら「カリカリ、タベル」と、おやつの催促だ。タマゴボーロをシマジローのケースに入れてやる。これを食べてお茶を飲んでおやつは終わり。

夕食の支度をするまでの一時間を、初美はおばあちゃんと遊ぶ。ボールを投げて二人で取り合っていたら、おばあちゃんが大きなくしゃみといっしょに〝ブッ〟とおならを漏らした。「あっ、おならが出ちゃった。ごめんね」。おばあちゃんが照れ笑いをすると、初美が「オバアチャン、〝ブッ〟デタ。ウンチデタ?」と聞いてきた。「おばあちゃんは、ウンチはトイレでするから出てないよ」と言っても聞かず、後ろに回ってスカートを持ち上げ「オバアチャン、ウンチデタ。オムツカエヨウネ」と紙おむつのケースから自分のオムツを持ってくる。

冗談じゃない！　片足も入らないような初美のオムツなんか、どうしようもない、と大笑い。

夕食の支度をしていたら、ママが帰ってきた。

おじいちゃん、おばあちゃん、ママと初美で夕飯を食べる。初美は、実沢山《みだくさん》の味噌汁が大好き。野菜や油揚げをスプーンですくって食べる。実《み》が無くなると、スプーンを置いて汁椀を両手に持って汁を上手く飲む。ほぐした焼魚を手で摘まんで食べ、ご飯は味付けの胡麻を振りかけてスプーンで食べる。

夕食が終わり、歯磨きが済むと、帰り支度をしているママの側に寄って初美が歌う。

♪　いっぱい遊んで　ランランラン
　　楽しかったね　トントントン
　　元気にお手々を　フーリフリ
　　また遊ぼうね　バイバイバイ

ママも歌いながら初美の髪をしごいて「初美の毛、クルクルだね」と言った。すかさず初美が歌う。

♪　元気にお手々を　クールクル
　　また遊ぼうね　クールクル

ママと初美は、同じ歌を何度も歌いながら自宅へ帰って行った。

初美とおじいちゃん

初美は、おじいちゃんと特に仲良しでもないが、朝、パパとママに連れられて保育園に行く時、必ず「イッテキマース」と、おじいちゃんに声をかける。

おじいちゃんは気儘な暮らし振りで、朝の起床時間も決まっていない。運よく起きていれば、

「気をつけて行ってこいよ」と声をかけるが、その日も初美が何度声をかけてもまだ寝ているのか反応がない。「オジイチャン、マダネンネシテルネ」ちょっと残念そうに言いながら出かけて行った。

保育園から帰ると、大きな声で「タダイマ！」と言いながら、靴を蹴飛ばすように脱ぎ捨てて部屋に上がってくると、おじいちゃんが、

「お帰り！」と迎えてくれる。

保育園でおやつを食べてくるのだが、家に帰るとまた何か食べたい。手洗いと嗽《うがい》をして、残っていた節分の豆を皿に載せてやる。おじいちゃんの隣に正座をしてぽりぽりと食べながら、一粒摘まんでは、

「オジイチャン、ドウゾ」と差し出す。おじいちゃんは嬉しそうに、

「ありがとう」と口に入れる。それを見て初美もにこにこしながら、

「ドウイタシマシテ」と言う。

台所で聞いているおばあちゃんは、思わずにやにやしてしまう。ままごとのように二、三回繰り返すうちに、豆が無くなってしまった。

「オマメ、モットチョウダイ」

と初美がおばあちゃんに擦り寄ってくる。

「おなかこわすといけないから、今日はこれでおしまい」と諭しても「タベタイ、タベタイ」と、纏わり付くがおばあちゃんが相手にしないので諦めて、新聞を読んでいるおじいちゃんの方に行き、畳の上に広げた新聞の上に乗って歩き回る。

いつも気難しいおじいちゃんも、初美には甘い。

「こら！　新聞が読めんじゃないか」と怒っても効き目がない。却って「キャッ、キャッ」と声を上げながら走り回る。

「新聞がくしゃくしゃになるぞ。破るなよ！」と怒っても駄目。おじいちゃんはお手上げだ。走り回っている隙を狙って新聞を拾い上げ二階に避難をしたが、初美は階段に手を付き「ヨイショ、ヨイショ」と昇っていき邪魔をする。困り果てたおじいちゃんは、読むのを諦めてしまった。

そうしているうちに、おばあちゃんが夕飯の準備をして食卓に料理を運んできた。初美の好きな食べ物が並ぶと早速「イタダキマス」も言わず、エプロンも付けないで手掴みで食べ始める。見かねたおじいちゃんが、スプーンとフォークで食べさせるが、なかなか上手くいかない。やっぱり手で食べた方が早い、とおじいちゃんの手を振り払い手掴みが始まる。

料理を運び終えておばあちゃんが初美の隣に座って、エプロンを付け、濡れティシュで手と口を拭き、おじいちゃんと一緒に「いただきます」と手を合わせたら、思い出したように初美も「イタダキマス」と言って、小さな手を合わせた。

「オイシイネ」と言って、スプーンで味噌汁の実を上手にすくって口に持っていくが、エプロンには汁がぽとぽとたれる。胡麻振り掛けのご飯が大好きで、食べる度に胡麻がこぼれて拾うのに大変だ。焼き魚も身をほぐしてやれば手掴みで食べる。トマトも胡瓜《きゅうり》も美味しそうに食べるので、初美は至って丈夫。

〈いつもこんな風にバランスよく食べてくれると良いな〉。おばあちゃんがぼんやり思っている間に、おじいちゃんがヨーグルトを食べ始めた。それを見た初美が、「ハッチャンモ、タベル」と言って冷蔵庫から自分用の小さいカップを取り出してくる。開けた扉がきちんと閉められるようになった。

ヨーグルトの蓋をおばあちゃんに開けてもらって、スプーンで食べ始めたが、おじいちゃんのが気になるらしく、側に行って自分のスプーンで、おじいちゃんのカップからすくって食べる。

「初ちゃんのはまだあるだろう。自分のを食べたらどうだ」

おじいちゃんに言われ、仕方なく自分のを食べている間におじいちゃんのカップが空になった。

「オジイチャンノ、タベタカッタ」

初美は、いかにも残念そう。

「さあ、初ちゃんもおじいちゃんも、お茶を飲んで『ごちそうさま』にしましょ」と言いながら、おばあちゃんがそれぞれの湯飲みにお茶を入れた。

「ゴチソウサマ」が済むと、すぐに積木で遊び始めた。積上げて高くなると、バーンと倒す。また積上げて倒す。そんなことを何度も繰り返しては遊ぶ。

おばあちゃんは食卓を片付けて、洗い物は初美が帰ってからにしよう、と暫く相手をして遊んでいると、ママが迎えに来て、二人で歌いながら帰って行った。

やっと、今日もおばあちゃんの慌しい一日が終わった。


その翌日、二月七日の朝。

おじいちゃんが、救急車で病院に運ばれた。意識のない日がずっと続き、おばあちゃんは心配で毎日病院に通った。帰ると買い物をして、初美と食べる夕食の下ごしらえをして、一息つくと保育園に初美を迎えに行く時間になる。初美を連れて家に帰り夕食を作る。

おばあちゃんは、今まで以上に忙しくなった。

おじいちゃんが入院して、一カ月になろうとする頃、少しずつだが意識が戻り始めた。身体を揺すったり呼びかけたりすると、眼を開けたり「あ、あ」とか「う、う、う」とか、声が出るようになった。

看護師さんに、孫を連れてくることに差障りが無いのを確かめて、初美もパパとママと一緒に病室へ行った。おばあちゃんが、おじいちゃんの身体を揺すって、

「初ちゃんが来たよ！　眼を開けて！」と言うと、微かに眼を開けて、口を動かし、「あ、あ」「う、う、う」「ふが、ふが」と言葉にならない声を出す。

初美はそんなおじいちゃんを恐がりもせずに、

「オジイチャン、オジイチャン」と呼びかける。

おじいちゃんも一生懸命に初美に話しかけようとするが、言葉にならなくて、疲れて眼を閉じた。

おばあちゃんが、

「おじいちゃん！　今日はこれで帰るから。また来るからね」と身体を撫でて擦った。

「オジイチャン、バイバイ」と手を振る初美に、おじちゃんも手袋で拘束された手を動かして、バイバイをしていた。

家では、偉そうな態度をしていたおじいちゃんなのに、可哀想な状態になってしまった。

これから、どうなるのだろう。

オマル

平成二十一年一月。初美はようやくオマルでオシッコができるようになった。ウンチはどうしてもパンツの中でやってしまう。立ったまま、じっと動かない時はウンチをしている時だ。そこにオマルがあるから「パンツを脱いで、オマルに腰掛けて！」と言っても「ダメ。モウデルカラ」と頑張る。オマルでしてくれたら本人も、後始末する方も楽なのに、初美は頑として聞かない。

オマルでできるようになったオシッコも、失敗することもあるので、パンツ式の紙オムツは手放せない。

一月二十日。夜、お風呂に入る前にオマルでオシッコをしたので「お利口だね」と褒めて、下半身に掛け湯をして湯船に入れ、玩具で遊んでいる間にさて、おばあちゃんもと服を半分ほど脱いだところで「オバアチャン、オバアチャン、アーアー、ウンチ！」と、半泣きの声。慌てて湯船に近寄ってみると、湯の中に立派なウンチが沈んでいる。

「泣かないでも大丈夫。動かないで！　おばあちゃんがちゃんとしてあげるから」

初美を抱き上げて洗い場に立たせた。

「ちょっと待っててね。ウンチを先に捨ててくるから」

おばあちゃんはお尻拭き用のパットでウンチを掴んで、隣のトイレに捨てた。幸いにも、ウンチは崩れなく掴めて、ほっとした。ウンチが沈んでいた湯船に初美を入れる訳にもいかず、シャワーで髪と体を洗い終わったところへ、ママが帰ってきた。

「お風呂の中でウンチが出ちゃって、大変だったよ」

と、話すおばあちゃんに、

「すみませんね、世話掛けちゃって。もう、きれいになった？　じゃあママが拭いてあげるからおいで！」

ママは、バスタオルに初美を包むように抱いて部屋に行き、髪と身体を拭いて、湿疹の薬を塗り、パジャマを着せて髪を梳《と》かしている。

一月二十四日。保育園から帰って靴を脱ぐと、バタバタと部屋に入って行く。炬燵に入っているおじちゃんが「お帰り！」と言うと、初美も「オカエリー」と返す。

「同じこと言っとるな。初ちゃんは『ただいま』と言うんだぞ」おじいちゃんが教えると、

「タダイマー」と言い直す。

手洗いと嗽をしておやつを食べると、

「オバアチャン、ホン、ヨンデ」と有りったけの絵本を出してくる。

「リンゴノホン、ヨンデ」「ウサコチャン、ヨンデ」

と、一冊を読み終えると、次々と絵本を差し出す。

『うさこちゃんと、どうぶつえん』が終わると、

「ツギハ、ママノホン」と言いながら、『ママだいすき』を持ってくる。

三冊目を読み終えると、また本を出そうとする初美に、「初ちゃん、ご免ね。おばあちゃんは夕飯の支度があるから今日はこれで終わり。また明日読んであげるね」

おばあちゃんが断ると、

「イヤダ、イヤダ」と聞かない。

「おじいちゃんに読んでもらったら」と言うと、

「イヤダ、イヤダ」と駄々をこねる。

「おじいちゃんが読んでやろうか？　初ちゃんの好きな本、持ってきて」

おじいちゃんに言われて、しぶしぶ『ねんね、ねんね』を持っておじいちゃんの側に行った。

ところがおじいちゃんは、慣れないひらがなばかりの絵本が上手く読めない。初美は本の内容が十分わかっているから、おじいちゃんがつっかえながら読むのにいらついてくる。一冊読んでもらうと、直ぐにおばあちゃんの側にきて「オバアチャン、アソボウヨ」と纏わり付く。

「おばあちゃんは忙しいの」となだめながら、夕飯の支度を段取りよくこなして、味噌汁と卵焼きと、野菜サラダが出来上がった。

「初ちゃん！　おじいちゃん！　ご飯ですよ。初ちゃんはエプロンしてね」

初美にエプロンを掛けてから食卓を拭き、食べ物を運んで並べる。卵焼きとサラダの他に常備食の昆布の佃煮と、初美の好きな焼海苔も並んだ。おばあちゃんが味噌汁を運んでいる間に、もう初美が卵焼きを手掴みで食べている。それぞれの前にご飯を置いて、おばあちゃんが「いただきます」と手を合わせると、おじいちゃんも、そして思い出したように初美も「イタダキマス」をする。「タマゴヤキ、オイシイネ」

嬉しそうに食べる初美に、

「ご飯も味噌汁も食べてね。サラダもね」

と、おばあちゃんも顔をほころばせる。ご飯に胡麻ふりかけを掛けて、スプーンで一口食べる度にポロッ、ポロッと胡麻がこぼれる。でも、一人で食べられるようになって良かった。


おじいちゃんはサラダに塩だが、初美は「ドレッシングー」と言うのでドレッシングーを掛けて、サラダはおばあちゃんが食べさせた。デザートにおじいちゃんと初美は、ヨーグルトを食べる。今日はみかんヨーグルト。おじいちゃんは大きいカップ、初美は小さいカップ。偶然に同じヨーグルトだったので、

「オジイチャント、オンナジ」と、初美は大喜びだった。


三人でお茶を飲んで「ごちそうさま」をしていると、ママが帰ってきた。

「ただいま！」ママが言うと、初美も「タダイマ」。

「初ちゃんは、お帰りでしょ」ママに言われて、「オカエリ」。まだ、自分の立場の挨拶が理解できないようだ。

「今日は、サラダ以外は自分で食べたよ。まだまだこぼすからエプロンは取れないけど、上手に食べたよ」

「わあ、本当？　お利口だったね」

とママに抱きしめられて、初美はご満悦だった。

ママの食事が済むと、初美も家に帰る支度をして、

「オジイチャン、バイバイ」と、玄関に向かう。

「風邪引かんように帰ってけよ」

おじいちゃんの声が後を追う。おばあちゃんはママと初美を駐車場まで送っていく。

暗い夜空から、ひらひらと雪が舞い降りてくる。

「オバアチャン、ユキフッテルカラ、キヲツケテネ」

気遣ってくれる初美に、「ありがとう、気をつけるね」と言いながら、おばあちゃんの胸が暖かくなった。

二月五日。絵本を出したままにして、お絵描き帳に絵を描き始めた。

「本を出しっ放しにして駄目じゃない。片付けてから絵を描いてください」と注意したら、黙って自分で持てるだけの本を本棚に納め、また持てるだけ持って、四、五回往復して全部片付けた。

「オバアチャンモ、テツダッテ！」と言うかと思っていたおばあちゃんは、初美の素直さに驚いた。

「初ちゃん！　きれいに片付いたね。すごい、すごい」

思わず初美を抱きしめた。

おじいちゃんの誕生日

四月二十六日は、おじいちゃんの誕生日。

嚥下障害のあるおじいちゃんに食べ物のプレゼントは駄目だ。花の贈り物にも関心の無いおじいちゃんだから、皆で「おめでとう！」を言うだけでいいんじゃないの、と意見が一致した。

丁度日曜日だったので、会社が休みのパパ、ママと、おばあちん、初美とで、おじいちゃんの入院している病院に行った。

「おじいちゃん、こんにちは！」

皆でベッドの回りに立って挨拶すると、おじいちゃんも嬉しそうに、

「こんにち（……）は（…）」と言った。すかさず初美が、

「ハッピーバスデツーユー」と歌い出す。

皆も初美に合わせて歌った。歌い終って口々に、

「おじいちゃん、お誕生日おめでとう」

といいながら拍手をした。

「おじいちゃん、八十歳になったんだよ」

おばあちゃんが言うと、

「よう生きたなあ……」

おじいちゃんは感慨深げに言った
「オジイチャン、ビョウキハヤクナオッテネ」

初美が言うと、

「僕は病気か？　ここは病院か？」と聞く。

「そうだよ、二月に脳の血管が切れて、救急車で日赤に入院したの、一カ月半くらいで脳の方は治ったんだけど、後遺症で体が動かせないから、リハビリのためにこの病院に変わったんだよ」

おばあちゃんが話すと
「ふうん、そんなことがあったのか、全然覚えがないなあ」と不思議そうな表情をする。

「頭の血管が切れると、頭が物凄く痛いって聞いてるけど、倒れた時のこと覚えてないの」

「覚えとらんなあ……」と首を傾げる。

「覚えてない方が幸せだったかもしれんね」

とママが小さく言った。

「ここまで生きたんだから、元気になってもっと長生きしてよ」

おばあちゃんの言葉に、「そうだなあ」と言いながら、瞼が下がってくる。

皆でおじいちゃんの手や足をさすってあげると、

「気持ちええなあ」と目を細めて、うつらうつらし始める。おばあちゃんがみんなに目配せして、

「おじいちゃん、今日はこれで帰るからね」

「また来るからね。おじいちゃん」とママが言うと、初美がおじいちゃんの手を握って「バイバイ」と言う。

おじいちゃんが嬉しそうに初美を見て、

「バイバイ」と言うと、疲れたように目を閉じた。

お手伝い

平成二十二年三月十九日。

初美は大人がやっていることは何でもやりたがる。初美用の刃の厚い包丁で、胡瓜やチーズは力まかせに切り、大小不揃いの胡瓜やチーズが食卓に並ぶことがあった。

その日、おばあちゃんが小房に分けて洗ったブロッコリーを、塩茹でしょうと思っていると、

「ハッチャンがヤル」と踏み台を持ってガスレンジの方へ寄ってきた。

「熱いから怖いよ、今日はやめとこうね」

おばあちゃんが言うのも聞かず、

「キオツケテヤルカラダイジョウブダヨ」

と踏み台に上がった。

「熱いんだから、お鍋にさわらないようにね。あんまり上から入れるとお湯が飛ぶから、これくらいの所から入れてね」

見本を見せると、

「ワカッタ、キオツケテスルカラ」

危ない手付きでブロッコリーをお鍋の中に入れ始めたが、腕がだんだん下がってくる。

「あっ手！」

おばあちゃんが声を出すか出さないうちに、初美の腕が鍋の縁に触れた。反射的に手を引っ込めたが、腕に赤くて細い新月のような跡が着いた。

おばあちゃんはガスを止め、初美の踏み台を流しの前に移し、赤くなった腕に流水をかけた。ちょっとかけたところで初美は、

「モウイイヨ、ダイジョウブダカラ」と手を引いてタオルで手を拭いた。おばあちゃんが心配して、

「もう少しお水かけようよ」と言っても、

「ダイジョウブダヨ」初美は涼しい顔で言っている。おばあちゃんは諦めて、

「今日のお手伝いはこれで終り、ありがとうね。後はおばあちゃんがするからね」

おばあちゃんの言葉に「ワカッタ」と、言ってテレビのある部屋へ去って行った。

一カ月が過ぎても、赤い火傷の跡は消えなかった。

お風呂に入ったらヒリヒリしただろうに、一度も「イタイ！」と言わなかった。

平成二十二年五月七日。

キャベツを切ろうとおばあちゃんが、葉を外して洗いかけたところへ初美が、

「ハッチャンがヤル」と、この日も踏み台を持って流しの前にやってきた。

おばあちゃんが手を貸しながらキャベツを洗って、俎板《まないた》と包丁をリビングの小さいテーブルの上に持ってくると、切り方を教えようとするのを無視して、俎板の上にキャベツの葉を並べて、包丁の背を両手で持って、トントントンと早く切ってゆく。不揃いのキャベツの葉が俎板の上一杯になる。

「ちょっとストップ」と、おばあちゃんが止めて、小さく切れたのをボールに入れ、

「大きいのはもう一度切ってね。お手々を切るといけないから気をつけてね」

そう言うと「ワカッタ」と言って、トントントンと切り始めた。と、そこへ電話のベルの音。おばあちゃんが慌てて電話に出ると、電子音の化粧品のセールスだった。

電話を切って振り向くと、初美は大好きなプリキュアのハンカチを握りしめ、じっと立って固まっている。

おばあちゃんはすぐにピントきた。でも素知らぬ顔で、

「あれっ！　初ちゃんどうしたの？　ひょっとして、お手々を切ったの？」

と言うと、こくんと頷いた。途端涙が溢れ「ワァーン」と泣き出した。

「大丈夫、おばあちゃんが、ちゃんとしてあげる」

とティッシュペーパーを水道水でぬらして血を拭いた。少しずつ血は滲み出てくるが、たいしたことは無い。

研ぎ澄ました包丁ではないので、大事には至らないと確信していたおばあちゃんは、新しいティッシュペーパーを傷に当て、

「初ちゃん、ここ押さえとってね、バンドエイドを取ってくるから」と薬箱からバンドエイドを取ってきて、小さい指に貼って「もう大丈夫だよ」と抱きしめてやると、今までヒックヒックと泣いていたのが、また「ワァーン」と大きな泣き声になった。おばあちゃんは、泣き声が治まるまで、初美を抱いていた。だんだん落ち着いてヒックヒックの間隔が開いてきたところで、

「もう大丈夫だね。今日のお手伝いはこれで終り、ありがとうね。またお願いします」

初美はヒックヒックしながら頷いて、テレビの部屋に行き、リモコンで教育テレビ、2チャンネルを押して『おかあさんといっしょ』を見始めた。

おばあちゃんは残ったキャベツを切って、卵焼き、塩鮭、納豆、キャベツ、葱と豆腐の味噌汁と、料理の出来上がり。

初美は何事もなかったように食事をパクパク食べた。

やれやれ一件落着、プリキュアのハンカチ、汚れちゃった――。

水族館

七月十九日。初美の両親はそれぞれの会社に出勤だ。今日もおばあちゃんは、初美の面倒を見なくてはならない。

暑いのに一日中家に閉じ込める訳にはいかないから、水族館に連れて行こうと決めていた。

両親と初美、おばあちゃんで朝食を済ませて、

「行ってきまぁす。初ちゃんをよろしくお願いします。

初ちゃん、いってきまぁす。バイバイ」

「パパ、ママいってらっしゃあい」

両親が行ってしまうと、初美はテレビの幼児番組を見ながら、歌ったり踊ったりしている。おばあちゃんは、その間に朝食の後片付けを終える。

「初ちゃん、水族館へ行こうよ。お魚がいっぱい居るよ。イルカや、亀や、ペンギンもいるよ！」

「うん。いくいく、くるまでいくの」

「車で遠い所へ行くのは怖いから、地下鉄で行くの」

「わあい、うれしい、うれしい」

早速二人はそれぞれに、小さいポシェットを肩に掛け、ハンカチ、ティッシュペーパー、ウェットティッシュを持った。留守電よし、エアコンよし、鍵は持った。靴を履いて、鍵をかけて、

「さあ出発」

「しゅっぱつしんこう！」

初美は跳びはねるように歩いて行く。駅に着くと、

「おばあちゃん、きっぷは、はっちゃんがやる」

と敬老パスを自動改札機に入れ、取り出してくれる。

電車に乗り、金山で名古屋港行きに乗り換える。名古屋港から水族館までは、しばらく歩かないといけないが、初美は元気一杯とっとこ、とっとこ歩く。水族館が見えてきたら右手前の方の視界が開けて、向うに観覧車が見えた。

初美は目聡く見付けて大声を上げた。

「あっ、あそこにいきたい」

「観覧車だね。水族館を見てから行こうね」

「いやだ、いまからいきたいょお」

少し離れた所でも同じような声がする。

「いきたいょお、いきたいょお」

初美と同じ年頃の男の子が、怒鳴っている。

「解った、解った。それじゃ水族館の帰りに行こう」

「ううん、そうしょうかなぁ」

お父さんの言葉に渋々納得して、水族館へ向かって行った。

「あの子、帰りに行くって。初ちゃんも帰りにしよ」

「うん、そうする」

おばあちゃんは、一安心して水族館に入った。

「イルカのショーが、もうすぐ始まるんだって、行こか」

「うん、いく」

ステージは巨大なプール、その前に階段状になった観覧席がある。プールに近い席では水飛沫でぬれると思って、少し上の席に腰掛けた。

プールの向こう側に大きなスクリーンがあって、イルカたちの動きが映し出される。しばらくすると、ショーの始まりを告げるアナウンスが流れた。

「初ちゃん、始まるよ」

「うん、イルカは、はやくおよぐんだね。あっすごい、あんなにたかく、とんだ」

高くジャンプしたイルカが、着水する時の飛沫が凄い。その度にプールサイドの席では「キャー」「ワァー」と悲鳴があがる。三十分ほどでショーは終わった。

初美に、水分を摂らせなくては――。ジュースを買うとポップコーンも欲しいと言うのでそれも買って、どこかにベンチが無いかと探したが見当たらない。仕方なく歩きながら食べて飲んだ。

飲み物もポップコーンも無くなったところで、鯱のレプリカの下でスタッフに記念写真を撮ってもらった。人波に流されて行くと、大きな水槽の前に来た。イルカたちが泳いだりくるっと回転したり急降下したりしている。水槽の前で腰を下ろして見ていると、目の前にイルカが泳いでくる。

「あのイルカは、はっちゃんがすきだから、きてくれたのかなぁ、あっ！　またきてくれた」

イルカへの興味もそこまでで、初美はもう階段の上に行って踊っている。次はどこに行こうか、おばあちゃんは案内図を見て、海亀とペンギンが近くにいるから、そこに行こうと、踊っている初美に声をかけた。

「大きい亀さんがいる所に行こうか」

「おおきい　かめさん！　いくいく」

と付いてきた。水槽の中を大きな海亀がゆったりと泳いでいるのをチラッと見ただけで、

「つぎは、なにみよう」

「えっ、もう亀さん見ないの、それじゃあ隣にペンキンがいるから見に行こうか」

「うん」

ペンギンの前に行っても、あまり見る気も無いらしく、チラチラッと見ただけで、初美は人波の間をとことこ歩き出した。おばあちゃんは見失わないように、少し後を付いて歩いた。海亀とペンギンの間を何回か行ったり来たりしているうちに、見失ってしまった。

おばあちゃんは慌ててウロウロしたが、

〈そうだ、亀とペンギンの所を行ったり来たりしているんだから、その間に立っていれば掴まえられる〉

と、どちらもよく見える場所で人の流れに目を凝らしていると、人波の間から初美が現れた。

「初ちゃん、もうお外に出て、何かたべようか」

「いやだ」

「じゃあ何か見る」

「いやだ」

「お茶か、ジュースを買おうか」

「いやだ」

初美はどうしたことか、ご機嫌斜めになってしまった。疲れたのかと思って、休憩コーナーに行き一休み。自販機で初美の好きなジュースを買って椅子に掛けた。

元気が戻ったところで水族館を出た。海の上に架かった橋の上から、ボートを見たり向うの貨物船を見たりしながら歩いていた。おばあちゃんが何気なく後ろに目を遣ると、入館前に見た観覧車が回っている。初美は前を見て踊りながら歩いて、全く気付かない。

橋を渡り終え、芝生の間の道を行くと、ガラス張りの大きな建物が見える。あそこで何か食べられると思い中に入ってみると、縁日か夜店で売っているような食べ物ばかりでがっかりしたが、何か食べさせなければと、空いている席に初美を掛けさせ、取りあえずフライドポテトを食べさせて、その間に何か買ってこようと、食べたい物を聞く。

「やきそばチュル、チュルがいい」

「じゃあ買ってくるから、ポテト食べて待っててね」

おばあちゃんは、焼きそばのパック一つとみたらし団子二本、ペットボトルのお茶を買ってきて、初美と一緒に食べた。食べ終わって後片付けをして外に出た。家に帰るまでまだまだ時間がかかる。初美をトイレに連れて行った。

この頃の初美はトイレで上手にオシッコができる。すっきりした所で地下鉄の駅に向かうと、駅の方から此方に向かって、大勢の人がやってくる。派手な浴衣姿の女の子も沢山いる。海の日で何か行事があるのだろう。そんなことに巻き込まれないうちに、早く帰らなければと、地下鉄の入り口近くに来ると、何かの宣伝用のケバケバしい団扇を配っている。初美はそこへ寄って行って、お兄さんに貰ってきた。

おばあちゃんは、早くこの雑踏から抜けだして帰りたい、と人を掻き分けて初美の手を引き階段を降りた。

電車が入ってくると、大勢の人が降りてくる。始発駅でおまけに乗る人が少ないので、ゆったり腰掛けることができた。乗り換えの駅までなんとか眠らないで到着して、次に乗る電車を待った。おばあちゃんは少しでも長く乗って、初美をゆっくり眠らせようと言う魂胆だ。ここでも港に行くために乗り換える人が大勢降りてきて、車内はがら空きになった。

初美は腰掛けるとすぐに、うつらうつらし始め、まもなく熟睡してしまった。四十分ほど経った頃、降りる一区手前の駅に着いた。

「初ちゃん！　次は八事だから起きて、初ちゃん」

おばあちゃんが初美を呼びながら、体を揺するがなかなか起きない。八事が近づいてきて、初美を立たせると、パッチリ眼が開いた。もう大丈夫。

八事駅からおばあちゃんの家までは十分足らず、無事到着した。

優しさ

十一月〇日。朝、初美を保育園に送って行ったママが、感冒のため頭痛がひどいから、会社を休むと言ってマンションに帰って行った。

おばあちゃんは、洗濯、掃除、買い物を済ませ夕食の下拵えをして、一休みしながら時計と睨めっこ。四時頃に車で初美を迎えに出掛けた。初美はいつものように、友だちとふざけたり走り廻ったり、兎に角すんなりと車に乗ってくれない。おばあちゃんはいらいらしながら宥めすかして車に乗せて家に帰る。

家に着くとすぐにジャンパーと靴下を脱ぐ。そして手洗いと嗽を済ませ、お菓子を食べながらテレビの2チャンネルを見始めた。

その間におばあちゃんは、炊飯器のスイッチを入れ、下拵えをしておいた蓮根の味を調え、だしを取っておいた漬汁に刻み葱と豆腐とわかめを入れて一煮立させる。レトルトのミートボールの袋を沸騰したお湯に入れ、タイマーを三分にセットした。

食卓を拭いて、出来上がった物から食卓に運ぶ、全部揃ったところで、

「初ちゃん、食事できたよ、二人で食べよう。ママ風邪大丈夫かなあ」

「ママ、きてくれるかなあ」

二人でママの心配をしながら食事を終えた。食卓の上を片付けて、おばあちゃんがママに電話した。

「ママはまだ頭が痛くて、熱も上がってきたから、おばあちゃんの所まで行けないって言ってるよ」

「ママ、かわいそう」

「お片付けして、おばあちゃんが初ちゃんを送って行くからね」

「うん、わかった。はやくかたづけよう」

テーブルの上の小鉢にラップをかけて、次々と冷蔵庫に納めてくれる。おばあちゃんは汚れた食器を流しに移し、お盆を拭いて片付けた。

「初ちゃんありがとう。早く片付いたわ。洗いものは帰ってきてからにするから、靴下履いてジャンバー着て」

初美は、おばあちゃんが言っている間に、靴下を履きジャンバーを着た。

「チャックしめてください」

と言っている。

「初ちゃん、すごく早い。いつもこんなに早いと、おばあちゃんもママも助かるんだけど」

「えへへ……きょうはママにやさしくしてあげる」

「そうしてあげてね」

おばあちゃんは留守電をセットし、火の元を確認して初美と一緒に、車で五分そこそこのマンションに行く。

部屋の釦《ボタン》を押して呼び出し、ドアを開けてもらう。エレベーターに乗り、部屋の前で降りて、インターホンを押す。しばらくするとガチャガチャと音がして、冴えない顔のママが現れた。

玄関に入り、初美のリックサックを置き、

「無理しないようにね」

と言って、おばあちゃんはすぐ帰ってきた。

ママは次の日も会社を休んだ。パパが初美を保育園に送って行き、夜も少し早く帰るらしいが、パパは会社が忙しくて毎日十一時過ぎに帰るから、早く帰ると言っても九時半か十時になるだろう。

おばあちゃんは、この日も初美を送って行くことにした。夕食の後片付けをすると、初美はさっさと帰る用意をした。

「おばあちゃん、カギだしてあげる。はっちゃんちのカギも、もってったほうがいいよ」

と、鍵の仕舞ってある場所から玄関と車、それに、マンションの鍵も出してきてくれた。

マンションに着くと、自動ドアのロックを鍵で開け、部屋のドアも開けて入った。ママは相変わらず冴えない顔だったが、

「昨日よりは、ちょっと良くなったみたい。二日も続けて世話かけちゃって、すみません」

「ママ、だいじょうぶ」

と初美もちょっと心配顔。

「初ちゃんありがとう、もう大丈夫だよ」

「きのう初美は『ママにやさしくしてあげる』って言ってたけど、どうだった」

おばあちゃんが聞くと、ママは、

「そうそう、きのうは凄く静かにしていてくれたわ」

いつもの初美は、喋っているか、歌っているか、踊っているか、兎に角騒々しい子だから、静かにしていたということが、優しくしたということだったのだと、ママとおばあちゃんは納得した。

病気の初美

十二月〇日、ママからおばあちゃんに電話が入った。「保育園から連絡があって、吐いたんだって、熱は無いようだけど、ノロウイルスかも知れないということで、迎えに行ってくれないかしら」

「行くわ！　すぐ行くわ」

「すみませんね。私も早く帰るからお願いします」

おばあちゃんは急いで車で保育園に向かい、年少組の部屋へ行った。

「おばあちゃん、すぐ来てくださってありがとうございます。初ちゃんは『げえが出るから、トイレに行きます』と言って、トイレで吐いたんですよ」

と、先生が安堵した表情をされた。

「熱は無いようですが、お腹が痛いんじゃないと聞いても『いたくないよ』と言っています。いまノロウイルスに感染した子が何人かいますから、初ちゃんもそうだと思います。お医者さんに診てもらってください」

「はい。お世話をかけました。ありがとうございました」

「初ちゃん、おばあちゃんの言うこと聞いて、静かにしているんだよ」

先生の言葉に初美が、「はあい」。と答える。

初美をチャイルドシートに乗せ、静かに運転して家に帰り、手洗いと嗽をさせて、布団を敷いて寝かせた。

「もう、げえは出ない、大丈夫?」

「うん、だいじょうぶ、テレビみる」

リモコンの釦を自分で押して、幼児番組を見ている。

おばあちゃんは、初美に食べさせるお粥を作り、ママと二人分の大人の食事も用意した。

「初ちゃんどんな具合?」

五時過ぎに、ママが息を切らして帰ってきた。

「今は落ち着いているけど……」

「六時にお医者さん予約したから、出掛けるね」

ママも手洗いと嗽をして、お菓子を少しつまんで、

「初ちゃん、お医者さんに行くよ!」

二人が出て行った後、部屋を片付け、二人が帰ってきたら、すぐ夕食ができるように用意をしておいた。

七時頃、ママだけが顔を出した。

「大変！　大変！　車の中で吐いちゃった。雑巾出して」

おばあちゃんが、使い古したタオルを何枚も出してきて渡すと、ママは初美をチャイルドシートに乗せたまま、膝の上に吐いた汚物を、タオルを取り換えては拭き取った。綺麗になったところで、初美を降ろし手洗い嗽をし、着ている物をみんな脱がせ、綺麗な衣服に着替えさせた。

布団に寝かせたが、初美はお腹が空っぽになって、スッキリしたのか、ケロリとしてまたテレビを見ている。

初美が車の中で静かにしていたので、チャイルドシートはほとんど汚れずベルトだけが汚れた。ママは綺麗に、綺麗に拭き清め、汚れたタオルはビニール袋に入れ可燃ゴミに出すことにした。最後に車の中、ドアの取っ手、玄関のドアやドアノブに消毒液をスプレーした。一段落したところで、ママもおばあちゃんも手洗い嗽をした。

「ああ疲れた。口が乾いちゃった。お茶飲みたい」

おばあちゃんが、ママにお茶を入れる。

「食事をどうする。用意してあるけど」

「今から食べたら遅くなるから、もう要らない」

「それじゃあ、初美のお粥だけタッパーに入れてく？」

「うん、そうする」

おばあちゃんは、タッパーにお粥をいれて、

「はい、忘れないで持っていってね」と言った。

「あしたは金曜日、一日休ませて月曜日から行かせれば大丈夫だよね。あした、初美のことお願いします」

「いいよ。手洗い嗽をしっかりして、ノロウイルスを寄せ付けないように気を付けるね」

翌日、両親、初美の三人がいつものようにおばあちゃんの家に来て、朝食を食べた。

「昨日はすみませんでした。今日もまたお世話かけますが、よろしくお願いします」

パパが申し訳なさそうに言うと、ママも、

「すみません。今日もなるべく早く帰るようにするから、よろしくお願いします。初ちゃん行ってきます」

初美はテレビを見ていたが、玄関まで送って行った。「パパ、ママいってらっしゃい。バイバイ」

「初ちゃん、おなか痛くないの、げえは出ない?」

「いたくないよ、げえもでないよ」

「よかったね。それじゃ歯磨きしょうか、おばあちゃんも一緒にするよ」

二人で歯磨きをする。初美は両手を交互に使って上手に歯を磨く。

「はっちゃん、みがけた。ガラガラ、ペッするよ」

「おばあちゃんも、もうすぐ磨けるよ。先に嗽しててね」

おばあちゃんも、じき磨き終って嗽をした。

「はっちゃん、プリキュアかきたい」

「どうぞ、クレパスとお絵描き帳を持ってきて」

「はあい」

相も変わらずキュアブロッサム、キュアマリン、キュアサンシャイン、キュアムーンライトの四人をそれぞれの色で描く。力を入れてぎゅっぎゅっと描くので、手は見る間にピンクやブルーやイエロー、紫に染まってしまう。顔が大きく体は小さくて、手と足は線で描いていて、指が五本ずつある。踊っているように見えるのや、歌っているようなの、笑っているようなのがあって面白い。

初美が絵を描いている間に、おばあちゃんは朝食の後片付け、空いている部屋だけ、さっと掃除機をかけ終わり、その間に洗濯機を回してと、なかなか忙しい。

お昼近くなって、干麺を柔かめに茹でて、葱と若芽のおつゆに入れた。

「初ちゃん、おうどんができたけど、食べる?」

「おうどんのチュルチュル、たべる」

食卓の上のお絵描き帳とクレパスを片付けて、手を洗いおばあちゃんと二人で、うどんを食べた。いつもより量は少ないが、食欲はありそうなので、頼もしい。

「おなか痛くない？　気持ち悪くない？」

おばあちゃんは心配で、何度も聞くが
「だいじょうぶ、もうげえもでないよ」

初美はケロリとしている。本当に大丈夫かな、おばあちゃんはまだ心配だ。

「初ちゃん、お昼寝しょうよ」

「おばあちゃんもいっしょに、ねようね」

「じゃあ一緒に寝ようか」

おばあちゃんが寝たふりをしていると、初美がちょこちょこくすぐったり、揺ったりするがおばあちゃんは、眠ったふりを続ける。静かになったところで薄目を開けて、初美の様子を窺う。目を閉じて体を揺すっている。もう眠りに入る体勢だと判断したおばあちゃんは、そっと起き出して、昼食の後片付けをした。

二時間ほど眠って目覚めた初美は、顔色もよく元気だ。

「初ちゃん、きのうは大変だったね」

「げえがでそうだったから、おうちのトイレでだしたいとおもってがまんしてたけど、くるまがバックしたとき、げえがでちゃったの―

「本当はトイレで出したかったのに、急に出たんだね」

「うん、ほいくえんのときは、トイレにまにあったのにくるまのなかでは、まにあわなかった」

「本当に大変だったね」

「でもママのほうが、たいへんだったよ、さむいかぜがふいているのに、きれいにしてくれたから」

ママが帰ってきてから、この話をしたら

「私にもそう言ってくれたよ」と言った。

いつも我儘ばかり言って、皆を困らせる初美だが、

「気持ちの優しいところも、成長したんだね」

おばあちゃんとママは、嬉しそうに顔を見合わせた。

どうして?

初美が、テレビのチャンネルを次々に変えて「二十四時間テレビ」番組の画面で「これ、

みる」と言う。

「初ちゃんには解らないから、テレビは終わりにしようよ」

おばあちゃんが他の番組を薦めても、

「これ、みる」と言い張る。仕方なくそのままにしておき、おばあちゃんも、食事の後片付けをしながら、時々テレビの前に座る。初美は、自由画帳に絵を描きながら見ている。

テレビ番組は、インドネシアの貧しい生活と、そこに暮らしている子どもたちの生活環境や衛生状態を放映している。子どもたちは皆裸足で生活している。映像をじっと見ていた初美が、

「どうして、みんな、はだしなの」と聞いてきた。

「お靴が無いから、裸足なんだよ」

おばあちゃんの返事に、

「だったら、おくつ、かえばいいじゃない」

「お金が無いから、お靴、買えないんだよ」

おばあちゃんは、返事に詰まりそうになる。

「ふうん」

恵まれた環境で暮らしている初美には、ぴんとこないのだろう。

施設で生活している男子の場合、施設に来る前に父親と町に行ったが、いつの間にか父

親がいなくなってしまい、ストリート・チルドレンになってしまったという。どんな経緯で施設にきたのかわからないが、親の無い子や、親に置いてけぼりにされた子が、大勢生活している、という現地からのレポーターの話を聞いた初美は、

「どうして、おとうさんが、こどもを、おいてけぼりにするの。どうして、おとうさんや、おかあさんがいないの」と不思議がる。

おばあちゃんは返事に困った。

「そうねぇ、お父さんやお母さんが、病気や事故で死んでしまたり、生きていてもお金が無くて、食べる物が買えないから、置いてけぼりにするんだと、思うよ」

そう言うと、

「ふうん、おじいちゃんやおばあちゃんも、いないんだ」

初美が続ける。

「いないから、お友だちや先生と一緒に、大きなお家で暮らしているんだよ」

「……」

「初ちゃんには、優しくて力持ちのお父さんと、時々怖いけどお母さんがいる。それに、世話をしてくれる、おばあちゃん、今は入院しているけどおじいちゃんも、いるもんね。よかったね」

「ふうん」

初美には、理解するのが無理のようだ。

テレビはまだまだ、町の様子を流している。道路脇にはストリート・チルドレンが溢れている。中には、お腹の大きい女の子も居る。あどけない顔をした少女が、何が何だか解らないままに、親になってしまう。そこには義務も責任も無いから、生まれた子どもはお荷物になり、放ったらかしにされる。施設に収容される子どもはほんの一握りの子どもたちだ。施設では、先ず事の善悪を教え、日常の挨拶を教える、と職員が話していた。

親たちも社会のルールや善悪、思いやりや助け合いの心を知らないまま、子育てを放棄したり、生活環境や衛生状態が悪くて親や子どもが死んでしまったりする。子どもが要らないとか、厄介者になっているそうだ、とのレポトを、おばあちゃんは、とても初美には口にすることができなかった。

それにしても、初美が自分たちと違う暮らしをしている子どもたちのことに気付き、

「どうして？　どうして？」

と、疑問に思う感性が養われていることに、おばあちゃんは深く感心した。

今日は良い子

初美は明るくて、元気で何でも自分でやりたい。

今日も、クレパスと自由画帳で、相も変わらずアニメのキャラクター、プリキュアの絵を次々に描いていく。一度に二、三頁は描くので自由画帳はすぐに無くなる。納得のいくまで描くと、自由画帳とクレパスを元の場所に戻しておく。今度は粘土板と粘土の入った容器を持ち出して、丸めたり千切ったり、ヘラで切ったり。

「おばあちゃん、おだんごできたよ。たべにきて」

「うさぎ、つくったよ。おばあちゃんもつくって」

おばあちゃんは、何度も付き合わされる。いつも相手になってやりたいが、食事の準備もあるので適当に合わせて台所に戻る。

食事の準備ができると、声をかける。

「初ちゃん、食事の用意ができたよ！　粘土しまって、手を洗ってね」

「はあい。ちょっとまって、ちゃんとしまうから」

でもちょっとが、相当に長い。おばあちゃんが応援しようと、手出しをすると、

「わたしが、ひとりでするから、おばあちゃんは、あっちにいって」

と追い払われる。仕方なくおばあちゃんは、大きいお盆の上におかずと、お箸やスプーン、フォークを載せて食卓の上の粘土が片付くのを待っている。

初美は、粘土を納得のいくまで容器の底に押し付けて、平らに均らしてから蓋をして元の場所に片付ける。

「て、あらってくる」

「一人でできる?」

「だいじょうぶ!」

言いながら洗面所に走り出していく。

おばあちゃんは、その間に、食べ物をなるべく多く食卓に運んでおこうと思って、忙しくしていると、そこへ初美が戻ってくる。

「なんだあ、わたしがもっていこうと、おもっとったのに。おばあちゃんのいじわる」

不満顔になる。

「初ちゃんが言ってくれないから、わからないよ。まだあるから、お願いします」

「なに? なに? おとうふ、もってく、もってく」

豆腐の入った器を一つずつ持っていこうとするので、小さいお盆に二、三個載せれば、多

少早く済むかと、小盆に豆腐と掛け醤油を載せた。

「落っことさないように、お願いします」

「はあい。はっちゃんはちからがつよいから、だいじょうぶだよ」

喜んで手伝いをする。

「もう、おしまいなの。まだもっていきたいよ」

その時、ガチャ、ガチャ、バタンと音がした。

「あっ、ママだ」

「ただいま！　初ちゃん、お手伝いしてるの？　お利口だね」

「丁度良かったわ、一緒に食べられて。ご飯よそうから、初ちゃんお盆に載せて運んでね。お味噌汁は、おばあちゃんが持って行くから」

ママが、手洗いと嗽をして戻ると、食卓は準備完了。

「わたしが、おとうばんだからね。はい、てをあわせて」

ママもおばあちゃんも、手を合わせる。

「きょうのおきゅうしょくは、ハンバーグと、やさいと、おとうふと、おみそしると、ごはんです。はい、どうぞ、いただきます」

幼稚園で教わった、初美のリードで三人が、

「頂きます」をして箸を取った。

「ドレッシングと、マヨネーズが要るね。持ってくるわ」

おばあちゃんが、立ち上がろうとすると、

「わたしが、とってくるから、まっとって」

初美が、急いで冷蔵庫から出してきた。

「ありがとう。初ちゃんは、何でもできるようになったね」

ママに褒められて、ちょっと照れながらも、得意顔だ。

お肉が大好きな初美は、自分のハンバーグを食べ終わり、おばあちゃんのハンバーグも少し貰った。野菜は少し残したが、豆腐もたべた。味噌汁も、少し残った所に、ご飯を入れて、味噌汁ご飯にして、すっかり食べてしまった。

「もう、おなかいっぱい、ごちそうさま」

「良く食べてくれて、ありがとう。お片付けするね」

おばあちゃんが立つと、

「はっちゃんも、やる」

「はい、ありがとう、落さないように、運んでね」

おばあちゃんとママは、初美が空になったお椀や茶碗を小盆に載せて運んでいる間に、大きいお盆に残ったおかずや、汚れたお皿を素早く運ぶ。箸、スプーンとフォークを初美が運んで、食卓を拭いて夕食が終わった。

「初ちゃん、ありがとう。お陰で早く片付いたわ」

初美が、得意げな笑顔を見せた。

「さあ、初ちゃん帰るよ！　靴下はいて」

ママが言うと、さっさと靴下を履き、上着を着た。

「今日は良い子だったね。毎日、こんなに良い子だったら、有難いね」

おばあちゃんとママは、顔を見合わせた。

別れ

平成二十三年十一月二十六日。おばあちゃんと初美は音楽教室にいた。

教室の中は、四、五歳児が十人ほどとその保護者でざわついていた。先生の声、ピアノの音、子どもたちの歌う声、エレクトーンの音など、一時間が色々な音に包まれていた。途中で携帯電話の発信音がしたが、おばあちゃんは他の人の電話が鳴っていると思って出なかった。

音楽教室が終わり、地下鉄を乗り継いで八事に帰り、スーパーで買い物をしていると携帯電話が鳴った。

ママからだった。

「おばあちゃん、今どこにいるの」

慌てた声がする。

「イオンで、買い物してる」

「おじいちゃんが大変！　もう息してないくらい。心臓もほとんど動いてないよ！　早く病院にきて！」

「分った。すぐ行く」

荷物を家に放りこんで、おばあちゃんは初美を乗せた自動車を病院に向けて走らせた。

「おばあちゃん、いそいでぶつからないようにね」

初美が言った。

「うん、そうだね。気をつけるね」

初美の言葉に、おばあちゃんは気持を落ち着かせた。

十五分ほどで病院に着いて事務所に行くと、顔見知りの事務員に、

「あっ！　すぐ三階のナースセンター前の部屋に行って」と言われた。

挨拶もそこそこに部屋に入ると、入り口に近いカーテンで囲われたベッドに、酸素マスクを当てたおじいちゃんが横たわっていた。枕元に医師とママが立っている。

「遅くなりました。色々お世話をおかけして申し訳ありませんでした」

おばあちゃんが深く頭を下げた。

「いやあ、昨日のお昼過ぎから十三回も電話をしたのに連絡が付かなくて。だから、娘さんに電話しました」

「重ね重ね、申し訳ありませんでした」

おばあちゃんは、頭が上げられない。

「昨日の昼頃から容態が悪化して、咽喉に痰が絡み、度々吸引していたのですが、呼吸も心音もだんだん弱くなりました。もう、今はほとんど停止状態です」

「すみませんでした。お心配り本当にありがとうございました」

「娘さんが『母が来るまで酸素マスクを外さないで』と言われるので、そのままにしていましたが、もういいですか。外しますよ」

「はい、……いいです」

医師の言葉に、おばあちゃんが力なく言った。

医師が酸素マスクを外して、

「ご主人はまだ温かいから、手を触れて言葉をかけてあげてください」

と言って枕元から離れた。

おばあちゃんは、おじいちゃんの手や頬を撫でながら、〈遅くなってごめんね。一日中留守にしていた訳じゃなし、昨日に限って留守電のセットを忘れたのかしら。お父さん、ごめんね〉

と心の中で、何度も、何度も謝った。

「おじいちゃん、よく頑張ったね。この病院に来てからは、いつも仏様みたいに穏やかな顔をしていたから、私たちも穏やかになれたわ。体のあちこちが痒くて掻き毟るから、手にミトンを嵌められ『痒い、痒い』って言うので、刺激のないようにそっと掻いて上げると気持よさそうに目を細めていたね。でも、もう痒いのから解放されたね。お疲れさまでした。ゆっくり休んでね」

おばあちゃんの頬に涙が伝った。

初美は初めてのことで、目を白黒させて言葉も出てこない。おばあちゃんが、おじいちゃんの手を撫でているのを見て、初美もそっとおじいちゃんの手を撫でていた。おばあちゃんが、

「ありがとうございました」

と医師に礼を言った。

「では、ここからは係りの者と話してください」

部屋を出る医師と、入り変わりに係りの人が来た。

おばあちゃんとママとで相談して、おじいちゃんの遺体は葬儀会館へ直接行ってもらうことにした。

「家に連れてってあげられなくて、ごめんね」

おばあちゃんが何度も謝っていた。会館の控え室に寝かされたおじいちゃんの枕元に、蝋燭と線香が焚かれた。おばあちゃんとママと初美が手を合わせた。

おばあちゃんは、親戚の人たちに電話をかけた。また、八事に六十年以上も住んでいたおじいちゃんのために、町内会長さんにも連絡をした。会社から戻って来たパパも、早速北海道の実家へ報せた。

通夜には親戚の人が大勢集まり、北海道のおばあちゃんとおじさんが来てくれた。町内の人も、パパとママの会社からも大勢集まったので、初美は興奮状態で、人の間を歩き回り、知らない人とも、言葉を交わしている。

焼香も、おばあちゃんの次に、パパ、ママと一緒にきちんとできた。一般の会葬者の焼香が始まり、おばあちゃんとママが挨拶に立つと、

「わたしも！」と焼香台の横に一緒に並んで会葬者に丁寧に頭を下げ続けた。

通夜式が終わり、導師が退席された後で、おばあちゃんが会葬者にお礼の挨拶をして席

に戻ると、初美が袖を引っ張るので、

「どうしたの」と訊くと、

「わたしもマイクでおはなし、したかったのに」

と恨めしそうな顔をした。

「ごめんね。ここは初ちゃんがお話をするところじゃないから、我慢してね」

おばあちゃんが言うと、

「わかった。がまんする」

と以外に簡単に引き下がった。

夜は北海道のおばあちゃんとおじちゃん、八事のおばあちゃんと初美とパパとママで、おじいちゃんのお守りをした。

葬式の日も朝から会館の人たちが、準備に忙しく動き回っている。初美たちも身支度を整えていると、係の人が
「故人に贈る言葉を書いてください、棺の中に入れますので皆様でお願いします」
と小さめの色紙を置いて行った。おじいちゃんの弟の義夫さんが一番に書いてくれた。それを見て初美が
「わたしも、かく」としゃしゃり出てきた。

北海道のおばあちゃんに文を教えてもらって、

「おじいちゃん、やすらかにねむってね」

と、まずまずの字で書いた。小形の色紙なので二、三人が書いたらいっぱいになった。

そんなことをしている間に、気の早い会葬者がぼつぼつと訪れる。顔見知りの人を見付けると初美は寄って行っては「こんにちは」と挨拶している。


葬儀が始まり、通夜の時と同じように初美は神妙な顔をして席に着いている。自分たちの焼香が終わり、一般の会葬者の焼香の時には当然のように、初美は焼香台の傍に立って昨日と同じように頭を下げていた。

通夜の時には導師の読経に合わせて、檀那寺の婦人会の人たちが唱和してくれたのが印象的だったが、葬儀には婦人会の人が少なかったのか、唱和が無かった。

葬儀が終わり導師が退席されると、棺の中にお花を入れることになり、みんながおじいちゃんの回りにお花をいっぱい入れた。

初美もお花を何度も入れた。

最後に皆で手を合わせた。

棺を霊柩車に乗せて、おばあちゃんが霊柩車の前の席に座り、パパとママと初美は後の車に乗り、親戚の人たちはバスに乗った。

おじいちゃんを乗せた霊柩車は大勢の会葬者に見送られて火葬場に向かった。

火葬場では待機していた葬儀社の係員の誘導で火葬台の置かれた場所に着き、僧侶の読経の後、線香を棺の上に置いた。火葬場の係員の、

「それではお別れです」

言葉と同時に、レールの上を滑らせて棺を窯の中に入れ、頑丈な鉄の扉を閉めた。皆手を合わせておじいちゃんを見送った。

骨上げの時間まで控室で待つことになり、皆それぞれにテーブルの前の椅子に掛け、お茶を飲んだりお菓子を食べたり、世間話に盛り上がったりしていた。そのうちにグループから外れた人は退屈になり、居眠りを始めたり、手持ち無沙汰でぼんやりする人もあり、おばあちゃんは気になったがどうにもならない。

すると、そんな雰囲気を察してか初美が動き出した。使ってないお手拭きを三枚程持ってテーブルの間を回り「おかしはいりませんか、おいしいおかしですよ」

その声にまず女性たちが反応した。

「お菓子をください」

「どうぞ」

「おいくらですか」

「ごじゅうえんです」

「ありがとうございました」

飯事《ままごと》のような、そんなやり取りがあちらこちらで、初美の動きにつれて移動する。

眠っている人の所では、肩をとんとん叩き、

「おかしはいりませんか」

と声をかける。声をかけられると、誰もがにこにこと初美と話し始める。沈滞ムードが解消され和やかな雰囲気になった。

おばあちゃんがほっとしていると、骨上げを知らせるアナウンスが聞こえた。

皆はまたおじいちゃんを見送った所に戻った。窯の扉が開かれると台の上にはおじいちゃんの姿は無く、骨だけが乗っていた。

「熱いですから、傍に寄らないでください」

係の人の声に従って皆、後に退いた。皆で骨を骨壷に納め、位牌、遺骨、遺影を抱いて会館に戻り、早々と初七日の法要を勤め、親戚の人たちも帰り、おばあちゃんとパパとママ、初美の四人が残った。

パパの車でおばあちゃんを家まで送り、

「一人で淋しいでしょ。泊まっていこうか」

とママが言った。でもおばあちゃんは、

「今までと何も変わってないし、おじいちゃんのお骨もあるから大丈夫」

と言うので、パパ、ママ、初美は自分たちのマンションに帰った。

死ぬ　生きる

初美は保育園から帰って、手洗い嗽を済ませ、おやつを食べたら相も変わらず自由画帳を出して来て、何か描いている。

食事の支度の合い間に、おばあちゃんが覗いてみると、何だか分らない物が描いてある。

「何を描いているの」

尋ねるおばあちゃんに、

「まちがいさがし」

自由帳から目を離さないで初美が応える。

「ちょっと無理じゃない」

「だいじょうぶ」

と何だか分らない物を描きながら、

「おばあちゃんいつしぬの」

と心配そうな顔を向けた。

「えっ、分らないよ」

突然の質問に、すぐに返事ができない。

「じゃあ、いつまでいきるの」

「わからないよ……」

「どうして……」

初美が食い下がる。

「いつまで生きるか、いつ死ぬかは神様だけが知っているのだから」

おばあちゃんが、しどろもどろで応えた。

「おばあちゃん、しないでね」

初美が真剣な表情をする。

「おばあちゃんだって、こんな素敵な初ちゃんとずっと一緒にいたいけど、生きてる物はいつかは死ぬんだから、動物も鳥も魚も虫もみんないつかは死ぬんだから」

おばあちゃんが、真顔で説明をする。

「ふぅん……おじいちゃん、しんだらもやしちゃったよね。ほねだけになったね」

初美が、静かに言った。

「そうだったね」

「ほねは、かたいから、もえなかったのだね」

「そうだね」

初美とおばあちゃんの頭の中で、おじいちゃんの顔が浮かんでいた。


今年になって、おばあちゃんの従兄が突然亡くなり、初美も葬式に行った。その後で保育園のお友だちのおばあさんが亡くなった話も聞いてきた。

おばあちゃんの従兄も、お友だちのおばあちゃんも、元気でいつもにこにこしている人だった。


葬式から四カ月が過ぎた。

今、初美の心の中には、〝生きると死ぬ〟とを考える場所ができたようだ。

こわいよう

初美は三歳児歯科検診の時、医師から言われていた。

「歯は綺麗で何も問題ありませんが、上唇の内側から歯茎の中央にかけて、突っ張っている筋の引っ張る力が強すぎて、永久歯が生えてくると前歯二本の間に隙間ができるし、舌の動きにも影響があると思われるので、歯が生え替わる前に手術を受けられると良いですよ」

両親もおばあちゃんも心配になった。四歳になって小児歯科で検診を受けると、そこでも同じことを言われた。

五歳になり、友だちの中に一人、二人と乳歯が抜ける子が出てきたので、両親が初美に言い聞かせた。

「六歳になる前に手術してもらおうね。そうすると大人の歯が上手に生えてくるからね」

「うん、がんばる」

六歳の誕生日を一カ月半後に控えた、三月下旬の土曜日に手術を受けることになった。

ママは会社に出勤し、初美とおばあちゃんと同じ医院で歯の治療を受けるパパと三人で歯医者に向かった。

「きんちょうするよう。こわいなあ」

「大丈夫、怖かったら泣いていいよ。痛かったら泣いていいよ」

「うん、なくとおもう」

「でも絶対に手を口の方にやったらいかんよ。先生の手が変な方に動いて、切らなくてもいい所を切っちゃったら大変だからね」

「うん、わかった」

歯医者に着き、待合室でしばらく待つと、先にパパが呼ばれ、続いて初美も呼ばれた。パパは右の治療台に、初美は左の治療台に案内された。怯えた表情の初美の手をしっかり握って、おばあちゃんは治療台の横に蹲《しゃが》んだ。

「ちょっと痛いよ。麻酔の注射をするからね」

先生の声に初美の身体が強張る。注射針が触れないのにもう泣き出した。針が射《さ》り少しずつ麻酔薬が入っていく。初美は泣き叫んでいる。おばあちゃんも若い時に虫歯の治療をした時のことを思い出していた。麻酔の注射の痛かったことも……。

〈初ちゃん頑張って〉おばあちゃんは、心の中で応援した。

「痛いのはもう終わったよ。よく頑張ったね」

そう言われても、異様な状況に怖さは治まらず、泣き声は止まらない。

「はい、お口を漱《すす》いで」

治療台から降りて口を漱ぐと、おばあちゃんにしがみついてきた。おばあちゃんも初美をしっかり抱いて、

「もう痛くないけど、これから切るんだからね」

黙って頷いて、ひっく、ひっくしながら治療台に上がった。おなかの上で、おばあちゃんの手をぎゅっと握って、相変わらず大声で泣いている。おばあちゃんも初美の手を握りながら、先生の手元をじっと見つめる。

先生は小さな鋏で突っ張っている細い筋の両側をパチンパチンと切り、ちょろんと垂れた細くて小さな筋を、根元からチョンと切った。初美の口は滲んだ血で赤く汚れている。

「これで筋は切れたよ。このままにしておくと、すぐに元通りにくっついちゃうから、くっつかないように縫っておくからね」

先生は二カ所を広げて縫い、器用に糸を結んで、

「はい、終わったよ。口を漱いでね」

と言われて初美は、治療台から下りた。

「すすがなくていい」

まだ泣きながら、おばあちゃんにしがみついた。

「糸が気になるかも知れませんが、無理に取らないように、一週間後にどんな具合か見せにきてください」

「はい、ありがとうございました」

「よく頑張ったね。元気な声だったよ。来週も見せにきてね」と先生。

「ひっくバイバイひっく」

まだ泣きじゃくりながら、待合室に戻った。先に治療が終わって戻っていたパパが、

「すごい声だったね。建物の中だけでなくて、道まで聞こえてたんじゃない」

あんなに泣き叫んでいたのに、パパの顔を見た途端何事もなかったようなケロリとした顔で、

「パパ、がんばったよ。いとがたれてるけど、とっちゃだめなんだって」

パパが受付に呼ばれ、薬をもらって支払いを済ませてきた。おばあちゃんも受付に行って、一週間後にする自分の検診予約をしてきた。三人揃って
「ありがとうございました」

お礼を言って歯医者を出た。もういつもの初美に戻って、跳んだり踊ったり帰路に着いた。

「何の薬をもらったの」

おばあちゃんがパパに聞いた。

「痛み止めと化膿止めの薬が三日分です」

「早く治ると良いね」

おばあちゃんは、夕食の献立を御飯、卵焼き、ほうれん草のお浸し、味噌汁、納豆、焼鮭のほぐし身、焼海苔と固い物を使わないようにした。

夕食を食べ始めたところへ、ママが帰ってきて、皆一緒に食事ができた。初美は痛みを忘れたように食欲旺盛で、納豆は一パックぺろりと平らげ、卵焼きはケチャップでハートを描いて喜んで食べ、御飯は焼鮭のほぐし身を混ぜてお替わりした。味噌汁は少し残した。野菜が好きでない初美は、ほうれん草はちょんと摘まんだだけだった。

食事をしながらママが、手術の時の様子を聞いた。おばあちゃんは、初美が大泣きしながらも頑張ったことを話すと、ママは感激して初美を抱きしめた。

「初ちゃん、偉かったね。もうこれで大丈夫、大人の歯が上手に生えてくるよ」

「わたし、がんばったよ。そうだくすりのまなくちゃ」

「本当だ。はい、水と薬」

パパに薬を飲ませて貰って、両親と一緒に帰って行った。

月曜日は元気に保育園に行った。ママが先生に、手術をしたこと、糸が垂れているが取らないようにということをお願いしてきた。

夕方おばあちゃんがお迎えに行くと、いつもと変わらない元気な初ちゃんが出て来た。

「初ちゃん、お口の中大丈夫だった」

「うん、なんともなかったよ、きゅうしょくもぜんぶたべて、おかわりしたよ。いともぶらさがっとるし」

「すごいね。もう何を食べても大丈夫かなあ」

「いとは気になるけど、いたくないもん」

「良かったね」

おばあちゃんは、月曜日の夕食から普通の献立に戻すことにした。カリカリに炒めたベーコンとグリーンアスパラの炒め物。甘塩鮭、納豆、キャベツ、トマト、レタスのサラダ。葱、豆腐、油揚、わかめと具沢山の味噌汁と御飯。

初美はその日の気分で食べる物が替わるが、いつも野菜は苦手のようだ。カリカリベーコンは、

「おいしい」と沢山食べたのにアスパラは見向きもしない。野菜サラダも、

「野菜もちょっと食べてよ」とおばあちゃんに言われて、箸でちょこっと摘まんで、

「はい、たべたよ」でその後は手を付けない。味噌汁は気に入ったらしく、全部食べた。納豆は蓋だけ取ってもらって、自分でタレと薬味を入れて、よくかき混ぜて美味しそうに食べた。御飯は海苔茶漬でおかわりして食べた。

「もうおなかいっぱい。ごちそうさま。プッチンプリンたべる」

どうやらプリンは別腹のようで、お皿とスプーンとプリンを持ってきて、自分で皿に取りだす。

「みて、みて、じょうずにできたよ。いただきます」

「ほんとだ、きれいに出せたね。おいしそう。プリン食べたら薬飲もうね」

プリンを食べ終わり、薬を飲んでいるところへママが帰ってきた。

「御飯すんだの、私も急いで食べるから待っててね」

ママの食事が済むのを待って、母子は帰って行った。

火曜日の朝、初美親子三人がおばあちゃんの家にやってきた。四人で朝食を済ませ、最後の薬を飲んだ。

「薬、終わっちゃったね」

「もういたくないし、なんでもたべられるし、だいじょうぶだよ」

「今度の土曜日に歯医者さんに診てもらって、オーケーだったらもう心配ないからね」

「いってきまぁす」

「いってらっしゃい。お迎えに行くからね」

おばあちゃんは、食事の後片付け、洗濯、掃除、夕食の下拵えをして、やれやれ一休み。新聞を読んでいると、もうお迎えの時間だ。ポーチに携帯電話と免許証を入れて、車で保育園へ行く。年長組の部屋を覗くと、初美は目敏《ざと》くおばあちゃんを見つけて、先生にさようならを言って出てきた。

「おばあちゃん、どうしよう。なんにもしないのに、いとがとれちゃった」と心細そうに言う。

「何もしないのに取れたのは、仕方ないでしょ。取れた糸はどうしたの」

「きゅうしょくといっしょに、くちのなかでもじょもじょしてたのでだしてみたら、いとだったからすてたんだけれど」

「それで良いよ。糸が無くなってすっきりしたでしょ」

「くちのなかが、すっきりして、なんでもたべられるぞ」

おばあちゃんの家に帰ると、いつものようにおやつを少し食べ、テレビの幼児番組を見て、おばあちゃんと夕食を食べて、ママが帰って夕食を済ますのを待って、自分たちの家に帰って行く。そんなふうに金曜日まで過ぎて、土曜日、ママは出勤したので、パパと初美がおばあちゃんの家にやってきた。

おばあちゃんは歯科検診のために、初美は手術後の経過を診てもらうために、パパは初美に付き添うために、一週間前と同じように、三人で歯医者へ向かった。

「いやだなあ、はいしゃさん」

「もう痛いことはしないから、大丈夫だよ、上手に治っているかどうか診るだけだから」

「やっぱり、きんちょうするなあ」

「今日は僕がついてるから大丈夫」

パパが胸を叩いた。歯医者に着くと、看護師がにこにこしながら、

「初美ちゃん、こんにちは、この間は頑張ったね。今日は、ちょっと診るだけだからね。どうぞ」

初美とパパが治療室に消えた。一週間前の怖さと痛さを思い出したのだろう。初美の泣き声が聞こえた。

「佐々木さん、どうぞ」

おばあちゃんは、右側の治療台へ案内されて腰かける。

「二年以上来ていませんね。どんな具合になっているか、レントゲンで調べてみましょう。悪い所があれば早いうちに治した方が良いですから」

おばあちゃんがレントゲン室に入り、フィルムを口の中に入れられて目を白黒させているところへ、初美がやってきた。

「初美ちゃん、どうしたの」

「おばあちゃんが、しんぱいだからみにきたの」

「今からおばあちゃんの写真撮るから、パパの所に行っててね」

おばあちゃんは、虫歯が見つかり治療を続けることになった。それよりも初美の手術が上手くいって、心配はなくなった。

沖縄旅行

平成二十四年十一月半ば、初美の両親がおばあちゃんを沖縄旅行に誘ってくれた。おばあちゃんは喜んで連れて行ってもらうことにした。

初美は出発の前々日、熱がちょっと高めで保育園から早く帰り、小児科で薬を貰ってきた。

「沖縄行き大丈夫かなあ」

両親もおばあちゃんも心配した。出発の前日には嘔吐したが、薬を飲んで静かにしていたら落ち着いたので、大丈夫かなと安心していたら、出発直前になって嘔吐したのでママは大騒動。着替えさせたり、後片付けをしたりしてようやく出発した。雨が降っていたのでセントレア空港までは、パパの車で行った。

いつもは車の中で歌ったり、喋ったり騒がしい初美だが、体調が良くないので、静かにシートに凭《もた》れて、うつらうつらしている。

ママはペットボトルのお茶を飲んでほっと一息。

「あっしまった。初ちゃんに振り回されて、化粧するの忘れちゃった」

すると、寝ていると思った初美が振り返って、

「ママおけしょうぐらいしなきゃ、だめじゃない」

ママが少しむっとして、

「初ちゃんがげぼしたのを片付けてたから、仕方がないでしょ」

「あ！　そうか、ママごめんね」

初美はちょっと萎れてまた静かになった。

「いつも煩《うるさ》いけど、こんなに静かだと何だか変だな」

「本当、早く元気になってくれると良いね」

両親が話している。静かに車は走り、やがてセントレアに続く屋内駐車場に入った。車を止め、カートに荷物を積んで、パパは体重二十キロの初美を抱いて、ママがカートを押してセントレアに入り、

「ちょっとここで待ってて、手続きしてくるから」

と離れて行った。

「パパ、そこのベンチに初美降ろしたら」

「そうですね」

ベンチでしばらく待つと、ママが来た。

「荷物預けてくるから、おばあちゃんは初ちゃん見ていてちょうだい」

両親はカートを返して荷物を預けに行った。

いつもなら初美は待っている間も走り回り、歌ったり踊ったりして、どこに行くか解らないので目が離せないが、今日はベンチに横になっている初美が心配で、矢っ張りおばあちゃんは目が離せない。

荷物を預けて身軽になった両親が来た。

「まだ時間があるから、早目のお昼にしようか」

時間があると、土産物売り場で次々と試食をする初美なのに、食べる気もしないようだ。

「おうどんだったら、たべる」

と言うので四人でうどんを食べた。機内で飲むペットボトルのお茶を買い、搭乗前の持ち物チェックを受け、時間まで椅子に掛けていた。

おばあちゃんは飛行機の離着陸の時の気圧の変化で、耳が痛くなるので耳鼻科で貰ってきた点鼻薬を、シュッシュッと鼻に噴霧して耳栓をした。これで大丈夫。

搭乗を知らせるアナウンスが流れ、周りの人が動き出した。

「座席は決まってるから急がなくていいよ」

ママの声に。

「わかった」

と初美。元気はないが自分で歩いている。飛行機に乗り込んで席に落ち着いた。

いつものことだが、ママが安い席を予約するので、丁度主翼の上になり、眼下の景色はほとんど見えない。離陸するまでおばあちゃんは緊張していたが、揺れもなくなると手持無沙汰になり雑誌を読み始めた。しばらくすると眠くなり雑誌を戻し、初美の方を見ると静かにしている。いつも騒がしい初美だが眠っているらしい。おばあちゃんも目を閉じているうちに眠ってしまったようだ。どれぐらい経ったか、ふと目を覚ましたおばあちゃんは、

「えっ」

と回りを見まわした。明るい太陽の光が窓から射して外は雲一つ無い快晴だ。

通路を隔てた席のママに声をかけた。

「雨あがったの」

「ここは雲の上ですよ、雲の下では雨なの」

本当だ、雲の上にいるんだ。しばらく機内を眺めていたが、また眠ってしまった。どのくらい眠ったか解らないが、機体が揺れて音が大きくなった。空港に近づいたようだ、とおばあちゃんは体を起こして外を見た。

〈ああ、やっぱり雨だ。それも相当強く降っている〉ガタガタ、ユラユラしながら着陸し

た。向こう側でママが初美を起こしている。パパも立ち上がって手荷物を降ろしている。

「さあ到着したよ。ゆっくりいこうぜ」

パパの声に初美は、しっかり目覚めた。

「おきなわについたんだ。わーい」

と喜んでいる。ゆっくりと降りて、大きい荷物を取りにベルトコンベアの所に行く。おばあちゃんと初美は近くの椅子に掛けて待っていた。いつもなら待ってる間も走り回ったり、踊ったり歌ったりじっとしていない初美だが、今はベンチで静かに待っている。やがて両親がカートに大きい荷物を載せてやって来た。

「さあ、行くぞ、初ちゃん大丈夫か」

「いまは、だいじょうぶだよ」

カートに荷物を積みバス停へ行こうとすると、横断歩道が止められて人が溢れている。

「これは何だ。事故でもあったんか」

「いや、日の丸の旗を持った人がいるから、天皇陛下とか来てるんじゃない?」

周りの人がざわめき出し、日の丸の旗が振られる前を、黒い立派な車がゆっくりと通り過ぎた。背の低いおばあちゃんは、思い切り背伸びをしたが、車の屋根しか見えなかった。

「こっち側に座ってた美智子様だけ見えたよ」

とママが言ったが、パパも初美も見えなかったと言っていた。人波が動き出した。カートを返してバス乗り場まで荷物を持って移動した。バスに乗りレンタカーの店に到着して、受付で手続きを済ませ、予約してあった車に乗り国際通り目指してゴー！

国際通りに着くと両親は慣れたもので、便利な場所の駐車場に車を止め貴重品と傘だけ持って、パパは初美を抱いて、通りの店を覗いて歩く。両親は勤め先に持って行くお土産を物色し、日持ちのする物を買い込み車に積んで、恩納村の冨着《ふちゃく》、那覇と美ら海水族館のほぼ中間に位置するホテルに向かって出発だ。

車が走り始めた頃は、雨が降っていてもまだ明るくて周りの景色がどんどん変わって行くのが判る。賑やかな商店街を抜けると、街並みも静かになり進む程に建物がまばらになってくる。何もない野原のような所に、テレビで見たことのある立派なお墓が、数基かたまって建っているのが、現れては遠ざかっていく。

走り始めて一時間程過ぎたら辺りは真暗で、時々ポツリと灯りが見えるばかりで、行き交う車も少なくて暗い道をひた走る。国際通りを出て一時間半程も過ぎた頃、両側に灯りが見え始め少しずつ街らしい雰囲気になってきた。

「もうすぐだよ、曲がり角の道が狭いから見落とさないようにね」

「わかった。おっと、ここだね」

狭い道を曲がりくねって登り詰めた所がホテルの玄関だった。車を駐車場に止め、必要な荷物だけ持って部屋に入った。素敵な部屋だった。長期滞在もできるようにキッチンもある。こんな部屋に泊まれるなんて、みんなニコニコしてしまった。

「パパとママはこっちのへやで、はっちゃんとおばあちゃんこっちのへやだね」

窓の外を見ると真暗で何も見えない。遠くに灯台らしい光が点滅しているだけだった。

「パパお疲れ様でした。夕食どうする？　ルームサービスもあるから頼もうか」

「そんなことしたら、高くつくんじゃない？」

「私が高額なものを頼むと思うの、ほらメニューを見て、車の中で色々食べてたから、ボリュームのある物はいらないでしょ」

「私は……、お昼おうどんだったから、この小さいおすしにするわ」

と、おばあちゃん。初美も続いて、

「わたしも、おばあちゃんと、いっしょのおすし」

「ママもおばあちゃんと一緒でいいわ、パパはこれじゃあ物足りないでしょ。何にする？」

「そうだな、焼き豚と御飯にしようか、本当にいいの」

「大丈夫、皆でつまめばいいから、サラダもね」

注文してから三十分程で、食べ物が届いた。キッチン横のダイニングで四人揃って食事をした。

食事の後は交替でお風呂に入り、歯磨きをして、初美はすぐに眠ってしまった。パパも初美を抱いて歩き回ったので疲れたのだろう、すぐに眠っていびきをかいている。ママは静かに眠っている。おばあちゃんもいつの間にか眠ったようだ。

　ことこと、かたかた遠慮勝ちな物音に目覚めたおばあちゃんは、回りを見た。まだ誰も起きていない。時計を見ると六時半、細めに窓のカーテンを開けてみて、声を挙げそうになった。明るい日差しと真っ青な海が目の前一杯に広がっている。

　気配を感じてかママも窓際に来た。

「すごくきれいだね。ちょっと風は強いようだけど」

「今日はどこ行くの」

「美ら海水族館へ行くんだよ。早めに食事して出掛けたいよね」

　パパと初美を起こして、身支度を整え二階の食堂で、朝食をとる。席から見える何とも言えない深い青色、遠くに漁船だろうか舟が浮かんでいる。昨日は元気の無かった初美は一晩ぐっすり眠ったら元気を取り戻し、

「おばあちゃん、そとにいってみようよ」

とドアを開けて外の石畳に置かれたベンチに腰掛けたり四阿《あずまや》に入ってニコニコしたり、いつもの初美に戻った。

　食事が済むと、薄手のパーカーを持って、ちょっと肌寒い戸外に出た。

「ちゅらうみ、すいぞっかんへゴー！」

初美がはしゃぐ。

晴れ渡った空の下、車は快調に走りだしたが十五分ほど進んだ辺りから、左側の歩道に制服の警官が五メートルくらいの間隔で立っている。

「何だ！　こんなに警察がいるなんて、大きな事故でもあったのか」パパが呟く。

「ほんとだ。けいさつのひとがならんでる」

スピードを落として進んで行くと、万座毛《まんざもう》に向かう曲がり角に近づくにつれて警官と警官の間隔が狭まり、しかもその警官たちは正装をして並んでいる。

「こんなに警官だらけじゃ、スピード出せないよ」

「天皇陛下が万座毛に来るんじゃない？」

「きっとそうだろう」

両親が話している間に、警官の立つ間隔が広がって、遂に見えなくなった。

「ううん、これでスピードが出せるぞ！」

パパは嬉しそうにアクセルを踏んだ。

それから一時間ほどで到着した。初美は元気いっぱい踊りながら、水族館に向かう。チケットを持って入り口に近付くと、海が見渡せる場所に大勢の人が並んでいる。不思議に思っていたら、

「この見晴らしの良い場所で、記念写真をどうぞ」

係員が声を張り上げて呼びかけている。

「しゃしん、とりたいよう」

初美の希望で列に並んだ。子ども連れやカップルも、次々に笑顔でカメラの前に立っている。ほどなく初美たちの番がきた。即時に出来上がった写真は、綺麗に仕上がっていた。

やっと入館すると、初美はヒトデやナマコに触れるコーナーで、早速ヒトデに触っていた。

大きい魚、小さい魚、タコやイカやクラゲ等面白がって見ていたが、ジンベエザメとマンタには興味を持ったようで、二匹のジンベエザメが近くにくると、

「わあ！　おおきいね。わたしのことみたかな」

マンタが近づくと、

「このマンタはおおきいから、おとうさん」

「あー、あのさかな、きれいだね。へんなかおしたさかなもいるね」

思ったことを口にしている。

「ちょっと、もうお昼だけど、魚たちを見ながら食事にしない。セルフサービスでたいした物はないかも」

「いいよ、わたしはスパゲティー」

「私はパンケーキとホットコーヒー」

初美とおばあちゃんは、両親に食べたい物をお願いして、先に席を探しに行った。しばらくするとパパは大きなハンバーガーとフライドポテト、初ちゃんのスパゲティーを持ってきた。ママは初ちゃんと同じスパゲティーと、おばあちゃんのパンケーキとコーヒーを持ってきてくれた。両親がもう一度立っていって、皆の水を取ってきた。大きな水槽の前で魚たちを見ながら食事を済ませた。

「今度はどこに行こうか」

と言っていると、

「間もなくジンベエザメの食事の時間です。観覧席の左前方で餌をやります。どうぞご覧ください」

突然アナウンスがあった。

「わあ！　みたいみたい。いこうよ」

すぐに四人で左の方に移動して見ていると、餌を入れた大きな柄杓《ひしゃく》が突き出されると、その下にもの凄く大きな口を上に向けて立った状態のジンベエザメがざぶりと餌を飲み込む。何度か飲み込むと満腹になったのか、泳いでいってしまった。

「すごかったね。つぎはどこにいく？」

「もうすぐイルカのショーが始まるから行こうか」

イルカのオキちゃん劇場に行く途中に人喰い鮫の顎の標本があって、その前で初美の写真を撮ったが、口を開いた顎の長さは初美の身長の三倍程もあった。そこから戸外に出てオキちゃん劇場でイルカのショーを見て、次はエメラルドビーチを目指して北東に向かって歩いた。初美はちょっと疲れて歩いたり、パパにおんぶしたりしながらエメラルドビーチに着いた。きれいな砂浜が広がって波が静かに寄せては返してを続けている。初美は喜んで波と追っかけっこをしていたが、砂の上に貝がらを見つけると、今度は貝がら拾いに夢中になり貝がらをビニール袋一杯に入れた。

帰りは園内をゆっくり走っているバスに乗って、エレベーターの近くまで戻り、エレベーターで四階の出口を目指した。

元気だったパパが、

「何かだるい。熱があるみたい」

と言い出した。

「それは大変、それじゃ帰ろうね」

と車に乗ったが、

「ここまできたら、どうしても行きたい所があるの、申し訳ないけど、古宇利大橋を渡りたいからお願いします」

パパは嫌な顔もしないで、ママの行きたい所へ車を走らせた。畑や野原の間の道を三十分ほど行くと、海が見えてきた。その先に立派な大きな橋が見えてきた。

「どうしてもこの橋を渡りたかったの、両側が海なの」

橋を渡り出すと、本当に両側が真っ青な海で気持ちがいい。橋の先は古宇利島、橋を渡り切った砂浜に車を止めて波打際まで降りて、また貝がらを拾って、直ぐに大橋を渡って帰途に着くことになるが、ママがパパを気遣って運転を代わった。三十分ほど走ってお茶を買うためにコンビニエンスストアに寄り、戻ってきてパパが言った。

「ここら辺のコンビニじゃ、ちょっとした薬も売ってないんだよ、スーパーか薬局を探さないとね」

「じゃあみんな乗って」

ママが言うと、パパが、

「座ってばかりじゃ詰まらないよ、矢張り運転したいよ」

ということで、パパが運転することになった。途中スーパー等見かけることも無く、草原や木立が続くばかり、パパはその状態を見ているうちに北海道の故郷を思い出したようだ。

「まるで新冠《にいかっぷ》の道を走ってるようだ。何もない」

ただ一つ見付けたスーパーに入ってみると、薬を置いているコーナーは無かった。薬屋も見付からない。

「それじゃあ早く帰って休んだ方がいいんじゃない」

とママとおばあちゃんが言いだして、ホテルに向かった。帰りに万座毛近くを通ったが人影もなく、万座毛に向かう車と、戻る車が行き交うだけだった。

「どこかで食事をして帰ろうか、何がいい」

ママが聞くと、パパは熱があるのに「お肉が食べたい」と言う。スマホで探して、ホテルから遠くない場所にあるステーキ店に行った。

その店はアグー豚がメインで、ポークのステーキだった。パパはステーキとガーリックライスのコースを、ママはハンバーグとガーリックライスのコースを、おばあちゃんはハンバーグと麺のコースを注文した。量が多そうなので、初美は皆から好きな物を貰うことにした。目の前の鉄板で焼き始めたステーキやハンバーグの分厚くて大きいのに驚いた。ステーキやハンバーグを焼いている間に、サラダが出る。温野菜が出る。豆腐が出る。おばあちゃんの前には麺が出てきた。麺は置かれたら直ぐ初美の方に行ってしまった。味噌汁が出る。もやし炒めが出る。おばあちゃんは、これじゃあハンバーグが来る前にお腹はパンクしてしまうんじゃないかと心配になってきた。初美も豆腐とかもやしは食べてくれるがハンバーグはどれくらい食べてくれるかな、やっとハンバーグが出てきた。熱々のでっかいハンバーグを切り分けて、初美のお皿にのせてやるが、二切れか三切れ食べたら、

「もうおなかいっぱい、ごちそうさま」

と言う。おばあちゃんも頑張って食べたが三分の一くらいは残ってしまった。両親も頑

張って食べていたが、ガーリックライスは、ちょっと手を付けただけで、二人共ほとんど残した。でも最後に出てきたアイスクリームは、初美の分もあって四人共残さず食べた。

いつもは、おばあちゃんが食べられないなと思うと、先に取り分けておく食べ物を、みんな食べてくれるパパなのに、今夜は矢っ張り体調が悪いから自分の分も食べられなかった。

「残念だ。こんなおいしいのに食べられなくて悔しい」

パパは本当に悔しそうだった。この夜は四人共早く休んだ。

一夜明けて朝食を済ませると、スマホで探しておいた病院へパパは自分で車を運転して出掛けた。残った三人はホテルから降りてきて目の前の砂浜で、波と遊んだり貝を拾ったりしてパパの帰りを待った。お昼少し前にパパが帰り、薬を貰ってきた。

「もう大丈夫だよ」

と四人でホテルの食堂のケースに並んだパン、サンドイッチを買って部屋で食べた。

「今日はグラスボートに乗って海の中を見て、それから万座毛へ行ってこよう」

パパはまだ少しだるそうだが車を運転して出掛けた。万座毛を通り越して、かりゆしビーチでグラスボートに乗った。舟の真ん中の前から後ろの舟底がガラスになっていて、その回りが手摺りで囲われている。手摺りに掴まってガラスの中を覗くと、サンゴとその近く

を泳ぐ魚が見える。群がって泳ぐ魚もいれば、一匹で泳ぐ魚もいる。初美は、

「あっ！　クマノミだ」

と言っていたが、おばあちゃんには見えなかった。舟を操縦しているおじさんが、

「木の箱の中に魚の餌が入ってるから、五十円を入れて餌を出して、ちぎって海の中に投げてやって」

と言うので餌を買って（焼麩だった）四人でちぎっては海の中に投げていたら、パパが大きいまま入れたら魚が集まってくると、大きいまま放り入れたが風に飛ばされて魚が寄ってくるのを見ることができなかった。初美は怒ってパパと口を利かなくなった。その後万座毛に行っても知らんぷりしているので、パパはちょっと淋しそうだった。

それでもホテルに帰った頃にはもう元通り大好きなパパになっていた。この日も早く休んで、明日はゆっくりと帰るだけだ。

翌日、朝食を済ますと直ぐにチェックアウトして、一路那覇に向けて走った。レンタカーを返し、セントレア空港を目指して名古屋へ――。

ハプニング続きの旅を体験した初美は、この春、小学一年生になった。

手紙

初美は保育園の年少の終わり頃から、平仮名に興味を持ち始めた。

「はつみは、どうやってかくの?」

書き方を教えると、おえかき帳一杯に何度も書いて持ってくる。左右が逆だったり長すぎたり短すぎたり、何度も何度も書いているうちに、いびつながら何とか「はつみ」と読めるようになった。

「〝お〟は、どうやってかくの?」

「〝ば〟は、どうやってかくの?」

自分の書きたい言葉が、どんな字か知りたがった。何度も何度も聞きにきて、書いては消し、消しては書き直して、そのうちに静かになった。疲れたのかな、飽きたのかなと思っていると、おえかき帳一頁を破った紙に字を書いて持ってきた。

「おばあちゃんにおてがみだよ、はいどうぞ」

「ありがとう、読むね。『おばあちん　すきだよ　あそばーね』」

「おばあちゃん、よみかたへんだよ」

「うん、変だけど、初ちゃんが書いた通りに読んだんだよ。自分で読んでみて」

「おばあちん、あ！　ちいさい〝や〟をかくの、わすれてた」

鉛筆を持ってきて、「ち」と「ん」の間に小さい「や」を書いた。

「これで、だいじょうぶ、よんで」

「じゃあ読むね。『おばあちゃんすきだよあそばーね』」

「まだへんだよ」

「〝ぼ〟の上の線が足りないから〝ば〟になっちゃったんだよ。線を書いて」

「あっ！　そうか、なおすね」

線を足して、ようやく出来上がった。

「もういっかいよんで」

「『おばあちゃんすきだよあそぼーね』これでちゃんと書けたね。お手紙ありがとうね」

「やったあ、こんどはままにかくね、ままって、どういうじ」

「まを二つ書けば、ままだよ」

「わかった」

おえかき帳を一枚破って、書き始めた。大きないびつな字で、『ままずきだよあそぼーね』と書いた。

ママが会社から帰ってくると、待ってましたとばかりに、おえかき帳の手紙を渡した。

「読み難いけど、ちゃんと読めたよ。ありがとう、いつの間に字を覚えたの？」

「おばあちゃんに、おしえてもらったの」

「自分で書きたい字を聞いてくるんだもん」

「初ちゃん凄いね。パパにも書いてあげて。喜ぶよ」

「うん、あしたぱぱにかいてあげる」

次の日は、宛名がぱぱになっただけで、後は「すきだよあそぼーね」だった。

パパ、ママ、おばあちゃん宛の手紙が書けたら、次は友だちに書きたくなった初美は、

「おばあちゃん、おてがみをかく、ちょうめんをかってほしいな」

頼まれておばあちゃんは、スーパーマーケットへ初美を連れて行き、文具売り場でミッキーとミニーの絵のついた便箋と封筒を買った。

家に帰ると、早速便箋を出して書き始めた。

「お手紙、誰にあげるの？」

「いちばんなかよしの、あきちゃん」

相も変わらずワンパターンの文に、判じ物のような字の並べ方を見たおばあちゃんは、

「これじゃあ読みにくいよ、あきちゃんの次に〝、〟を書いたら良いと思うけど」

「いいのいいの、わたしはちゃんとよめるから」

「一行で書けなかったら、下の行は左の端から書くとわかりやすいよ」

「おばあちゃんはだまって！　わたしはちゃんとよめるから、いいの」

おばあちゃんの言うことには耳も貸さず、封筒の宛名の所に自分の名前を書き、下の方の空いた所に「あきちゃんへ」と書いた。

おばあちゃんは、余りしつこく言わなかった。その後一週間に一人ぐらいの割合で、友だちにワンパターンの手紙を書いては渡していた。

返事の手紙もひどい物で、字ではなく絵でもないような物が、紙一杯に踊っている物や、絵だけ描いてある物や、初美と同じように何とか字を書いているつもりなのだが、左右が逆だったり、はね方が変だったり、文の継ぎ目がどこだか探さないといけなかったりと、それでも返事が来ると嬉しくて、また次の友だちに書く。

年中組になる頃には
「おばあちゃん、「みきちゃんへ」はここでいいの？「はつみより」はこっちでいいの？」

と聞いてくるようになった。

「よくわかるようになったね。それでいいよ」

おばあちゃんが注意しなくても、初美は知らないうちに成長しているのだ。

相変わらず、てにをはの使い方は変だし、字もひっくり返ったり、突き抜けたり読みにくいことこの上ないが、自分で書きたいと思うのが一番だから、余程の間違いが無い限り何も言わないようにしようと、おばあちゃんとママは話し合った。

年中組の秋頃から、自分の名前の漢字を知りたがり、おばあちゃんが、「浅野初美」と手本を書いたら、書き順は滅茶苦茶だが、来る日も来る日も手本を真似て自分の名前を書き続け、一週間程で形は少し変だが、何とか書けるようになった。

友だちの中には、初美よりも上手な字を書く子もいれば、いまだに字が書けない子もいる。その中で漢字で名前が書けるようになった初美は、得意になって友だちや家族に手紙を書いた。

年長組になって、保育園でも平仮名の練習が始まった。曲がりなりにも平仮名が書ける初美は、喜んでますます字を書くことが好きになった。

この年の十月半ば、保育園から帰り夕食を終えて間もなく、おばあちゃんは急にお腹の具合が悪くなった。嘔吐を十回程繰り返したら気分が良くなったが、体は消耗してしまった。

「初ちゃん、ごめんね。ちょっと休んだら後片付けするからね」

と横になった。

「おばあちゃん、わたしがあらうから、ねとっていいよ」

そこでおばあちゃんは、お盆に乗せた食器類を流しに運び、スポンジに洗剤をつけて、

「それじゃあ、お願いするね」

と台所を離れて横になった。うとうとする間もなく、ガチャンと陶器の割れる音。

「どうしたの、手は切らなかった?」

おばあちゃんは台所へとんで行く。

「あぁあ、わたしのかえるのおさら、われちゃった」

「お茶碗でしょ、どこも切れてないね。良かった良かった。スポンジ新しいのに替えたばかりで、固かったから滑っちゃったんだね。後はおばあちゃんが洗うよ」

「だいじょうぶ、わたしがやるから、ねとって」

「ありがとう」

おばあちゃんは、真っ二つに割れた茶碗を新聞紙に包んで不燃物の袋に入れた。

「それじゃあ、初ちゃんが洗ってくれた物を、おばあちゃんが拭いて片付けるね」

「うん、そのほうがはやくできるね」

結局おばあちゃんは、ゆっくり休めなかった。ママが会社から帰ってきて、一部始終を聞き、

「小さい時から大事にしていた蛙のお茶碗が割れて、残念だったけど、おばあちゃんを心配してお手伝いしてくれてありがとう」

と初美を抱きしめた。

そんなことがあった数日後、

「おばあちゃん、おてがみだよ」

「ありがとう。読むね。『おばあちゃんへ、はつみだよ。いつもげんきだね　おばあちゃんが　おむかえにきてくれると　うれしいよ　おさら（茶碗）わっちゃったときもあるけど　おばあちゃんが　ちょうしわるいときわわたしがやるからね。むりしなくても　てつだうから　あんしんしておさらをあらってね。これからてつだうね。はつみより』ありがとう。うれしいよ。おばあちゃんはあまり病気しないけど、病気になった時はよろしくお願いしますね」

初美は「まかしときい」と胸を叩いた。

寒い十二月、おばあちゃんは初美から手紙を貰った。

「おばあちゃんへ　イつモにこにこ野えがおだね　どんなときでも　しんぱいしているよだからずーっとにこにこえがおでいてね。はつみより」

覚えた字は使いたくて仕方がない。片かなのイとモ、漢字の野、まだ使い方がわからない。

年が明けた一日、両親とおばあちゃんへの手紙

「ままぱぱおばあちゃん　すきだよ。いつもはたらいてくれて　ありがとう。もうすぐしょうがっこうだね。これからもがんばってね。はつみより」

三月保育園の卒園式の時に、友だちに渡せなかった手紙
「ほまれちゃんへすきだよ。ほまれちゃんはおんなのこのなかで　いちばん大きいね　さいきん　わたしせがのびないの　だから　ほまれちゃん大おきくなってね。おとなになったら　どうなってるかなー　大おきくなったら　まんがかになってね。わたし大おきくなったら　ほまれちゃんのまんがみにいくね。浅野初美」

一年生になったら、学校に慣れるのがたいへんで、手紙までは手が回らない。

五月母の日「おかあさんありがとう」と学校で書いた物を持ってきた。

民間経営の学童保育所、アス・キッズでお母さんに、お手伝いチケット入れを作ってきた。画用紙で作ってあり、目につく場所に「おかあさんいつもがんばってね」と書かれていて、中にお手伝いチケットが入っていた。

六月の父の日「おとうさんありがとう」と学校で書いた物を持って帰ってきた。

九月敬老の日アス・キッズから、小さいカードを持って帰ってきた。

「おばあちゃん、どうぞ」

「ありがとう、何々『やすこありがとう　やすこへ　はつみ』これは失礼じゃない。どんな人に書く手紙でも、〇〇さまとか〇〇さんとか〇〇ちゃんとか書かないと、だめだよ」

「ありがとうって、かいたから、いいじゃん」

「ありがとうって書いてくれても、呼び捨てじゃ嬉しくないね。ぷんぷん」

そこへママが帰ってきた。

「ママちょっと、これを見て」

「え、やすこへ、これは駄目だよ失礼だよ、おばあちゃんじゃなくても、ぷんぷんだよ」

初美はちょっと萎れて、小さい声で、

「ごめんなさい」

と言って、帰るまで静かだった。

翌日、アス・キッズから帰ると
「はいおてがみ、どうぞ」

「ありがとう、『おばあちゃんへ、いつもありがとう。これからもおねがいします。あと、おむかえもおねがいします』上手に書けたね。嬉しいよ」

「もうひとつあるんだ。はいどうぞ」

ピンクの折り紙を、ハート型に切って二枚貼り合わせてあり、表と裏に紫の字が書いてある。

「いつもおむかえ　ありがとう。」裏を見ると
「がんばりきろうね　いつも　こうらす　がんばろう　おめでとう」

「何でおめでとうなの」

「けいろうの日だからね」

「ありがとうね。コーラスがんばるね」

これからも、初美からたどたどしい手紙が、いろんな人に届くことだろう。

初めての発表会

一年生になってすぐに、チアダンスの教室に通うようになり、週一回の練習日が待ち遠しくて仕方のない初美だった。

教室に通うようになって半年ほど過ぎた十月半ばに、先生が保護者を集めて、

「三月半ばに、野外ステージで発表会をします。詳しいことは後日文書でご連絡します」

この話を聞いた初美は大喜びで、発表会で踊る曲を口ずさみながら、家でも繰り返し踊っ

ていた。

発表会に着る衣装もそれぞれ個人で購入し、身体に合わせて調整した。

冬の寒い日。ママとおばあちゃんは、チアダンスの練習を見学することができた。十数人の子どもたちが踊りながら中心に集まったり、三つのグループに分かれたり、グループ場所が入れ替わったりする。初美は初め中心で踊っていたが終わりには左端の方に移動していた。

「わりあい、メリハリの効いた踊り方ができてるんじゃあないの」

「そうだね。うまく曲に乗って踊れていたね」

ママもおばあちゃんも安心した。初美は、週一回の練習日が待ち遠しく、喜んで教室に通った。


そして三月十五日、遂に発表会の朝を迎えた。

天気は快晴で雲一つない、明るい空が広がっていたが、時折冷たい風が吹く。初美たちは午後のステージなので、ゆっくり昼食を済ませて一同でパパの車に乗った。会場近くの駐車場へ車を止めて、そこから歩いて数分の会場へ向かった。

「ああ！　きんちょうしてきた。ちょっとからだが、ふるえてきた。どうしよう。ヤバ！」

本番の衣装を着けて、少し厚めのジャンパーを羽織って歩いている初美が言いだした。

「大丈夫だよ。練習の時、上手に踊っていたから」

ママが背中をポンと叩いた。

「え！　なに『やば』って書いてある。いやだあ」

「本当だ。『喫茶やば』だって。お店の名前だよ」

「こっちも『ヤバ』あそこにも『やば』って書いてある。どうしよう」

初美が不安顔を見せる。

「ここは『矢場町』なの。お店の名前に『やば』が多いのはそのせいよ。だから、心配しなくていいんだよ」

「そうよ。何時ものように元気に踊れば大丈夫だよ！」

ママとおばあちゃんが励ました。

「わかった。でも、やっぱりきんちょうしてる。ヤバ」

話しながら歩いているうちに、指定の会場に着いた。

建物の奥から歌声が聞こえてくるので早速そこへ行ってみると、建物の向こうは芝生の広場になっていた。

芝生の上にマットが敷き詰められただけのステージでは、老若男女が十人余り並んで、どこかの国の民謡らしいメロディに手拍子を打ち、足を踏み鳴らしながら繰り返し唄っていた。唄い終わるとパラパラと拍手の音がして、ステージの人が入れ替わり、エキゾチックな衣装の二人の踊り手により、インド舞踊が披露された。日本の歌ばかりのコーラス、楽団の演奏と、次々にアマチュア団体が出し物を演じている。

入り口で貰ったプログラムを見ると、出演する時間がどんどん伸びているようで、初美たちが出演する時間は大分遅くなりそうだ。隣の建物の中で温かい飲み物を飲んで一休みしたところで、集合の声がかかった。

子どもたちはジャンパーを着たまま、芝生の途切れた場所で待っている先生の周りに集まった。簡単な注意事項を聞いた後、並んで待っていた。予定された出演時間はとうに過ぎているが、まだまだ時間はかかりそうだ。

子どもたちは立ったりしゃがみこんだりして、お喋りや手遊びをしながら三十分ほど待っていると、

「待つ場所を移動するから、その前にトイレに行きたい人は行ってらっしゃい」

先生に言われ、初美もみんなと一緒にトイレに行ってきた。人数が揃ったところで、ステージの右手に移動したが、そこでもまた三十分ほど待ち、ようやく出番がきた。子どもたちはジャンパーを親に預けて、元気よくステージに出て行った。

中心になる子の場所が決まると自然に他の子どもたちの位置もバランスよく決まって、音楽が流れるのを待つばかりだ。両親とおばあちゃん、他の父兄たちも一斉に拍手を送った。子どもたちの緊張している姿に「みんな頑張って！」という父兄たちの熱い視線が集

中する。

軽快なテンポの良い曲が流れだすと、キラキラしたボンボンを両手に持った十六人の子どもたちがきびきびと踊り出した。三つのグループに分かれ、立って踊るグループ。立ち膝で踊るグループ。くるくる回るグループ。三つのグループが移動するので、初美がどこに居るのかわからなくて、懸命に目で追った。

初美は最初中心で踊っていたが、移動しているうちに最後は左端の方に落着いて曲が終わった。決めたポーズを解いて演技が終了した。

全員が気を付けの姿勢になった途端に、初美が客席に向かって、

「ありがとうございました」

大声で挨拶をして、深々と頭を下げた。続いて全員が「ありがとうございました」と頭を下げて退場した。

両親とおばあちゃんは、初美が代表して挨拶をしたことに感動して、思い切り拍手をしていた。

退場してきた子どもたちを迎え出た先生に、

「上手にできたよ。良かったよ」と褒められ、参加賞の鉛筆とシールを貰って親の所へ戻ってきた。

「すごく上手だったよ。寒かったでしょう風邪引いたらいかんから、温かくしようね」

ママは急いでジャンパーを着せた。

「上手に踊れたよ。ビデオ撮ったからね。帰ったらみんなで見ような」

とパパが言った。帰ろうとしていると、初美の友だちが三人、母親と一緒に見にきてくれていた。初美のイメージが黄色だから、と二人からのお祝いに黄色のブーケを頂いた。もう一人からはキャンディーの袋詰めを貰った。

三人にお礼を言って駐車場に戻り、初美は車の中で着替えをした。

家に帰ってから家族でビデオを見た。教室での情景はママが撮った。練習の時、衣装のスカートが重くて下がってくるのを、踊りながら引っ張り上げているのが可愛くて可笑しくて、みんなで笑った。

パパが撮ってくれた本番の映像に惹きこまれ、再び感動が湧いた。

今でも初美は、ビデオの再生を繰り返し、リビングで何度も、何度も踊っている。

学童保育所アス・キッズ

初美が小学校一年生に入学すると同時に、トワイライトスクールと、民間の学童保育所アス・キッズを併用して初美を預かってもらい、両親はそれぞれの会社に出社する。

夕方になるとおばあちゃんが、地下鉄の鶴舞線で八事から二区先の植田駅で降りて、アス・キッズに初美を迎えに行く。有難いことにおばあちゃんの家から八事駅まで五分前後、植田駅からアス・キッズまで五分前後と、交通の便が良い。

天気の良い日は地下鉄で、雨の日はマイカーで週に三日、おばあちゃんのアス・キッズへの迎えが始まった。初美は初めのうち、植田駅周辺の商店街や駅の隣りにある公園が気になり、キョロキョロしてなかなか地下鉄にたどり着けなかった。

特に最初の日は、駅近くの回転寿司の店を見つけて、

「おばあちゃん、おすしたべたいよ」

とねだった。

「今日は駄目だよ、お迎えに来ただけだから、お金も持ってないし、早く帰っておばあちゃ

ん家《ち》で食事ね」

そっけなく言った。

「なんだぁ、おばあちゃんのケチ」

憎まれ口を叩きながら、あっちにふらふら、こっちにふらふら、おばあちゃんに何度も急かされながら、ようやく家に辿り着くことができた。

その他の日には、植田駅の隣りの公園で遊びたいと言い、ブランコに乗ったり、鉄棒をしたりしてから帰った。

またある時は商店街の洋品店の前で、客を送って店主らしき男性が挨拶しているのを見て、目が釘付けになり足下が疎かになった。何故ならその男性の首から胸にかけてと腕全体に、タトゥが彫られていたからだ。

「初ちゃん危ない！」

おばあちゃんが声をかける間もなく、道の段差に躓《つまず》いて、前にバタンと倒れ、おでこを道にぶつけてしまった。びっくりしたのと痛いのとで、おばあちゃんに縋《すが》り付いて泣いた。

おばあちゃんは優しく背中を撫でて、

「痛かったね。大丈夫！　こぶができちゃったけど、初ちゃんは元気だから早く治ると思うよ」

「うん……」ヒックヒックヒックと泣き出した。

「横を見て歩いていたのがよくなかったね」

「うん。ヒックヒック」

初美の気持ちが収まるまで、背中を撫でていた。このまま電車で帰るのは可哀想だと、おばあちゃんはタクシーを拾って帰った。

こぶは一週間程で元通りに治った。

初美はアス・キッズが大好きだ。初美とは違う小学校から来ている子どもたちとも仲良くなり、遊びも勉強も一生懸命にしているようで、帰りにはかなり疲れているが、何とか家にたどり着くと、疲れた体と気持ちを整理することができなくて泣き喚く。おばあちゃんが側に寄ると、叩いたり蹴ったりするので、気持ちが収まるまで待って、鎮まってきたところでおばあちゃんが側に寄ると、おばあちゃんの胸にとびこんできて、そのままじっとしているうちに、今まで高鳴っていた胸の音が整ってくるのがわかる。もう大丈夫。

「どうして泣いたの？」

「わからん」

「でも、もう大丈夫だよね」

「うん、おやつたべる。ママには言わないでね」

こんなことが一年生の中頃まで時々あったが、だんだんと泣き喚くことも少なくなり、一年生後半にはほとんど無くなった。

アス・キッズでは、水曜日には英語の先生が来てくれて、遊びながら英語も教えてもらえるし、陶芸教室とか、おやつ作り、おにぎり作り、うどん作り、夏はプールとアス・キッズでお泊まり体験とか、遠足に行ったり、冬にはスケートやクリスマス会等々、一年を通して色々な行事があって、子どもたちは飽きることなく喜んでアス・キッズに行っている。

両親もおばあちゃんも、

「お金を払っているから当然といえば当然かもしれないけど、本当によくやってくれてるよね」

と話し合っていた。

一年生の十二月。クリスマス会にはおばあちゃんも参加して、子どもたちが歌ったり踊ったりするのを見たり、ゲームを楽しんだり、会場全体が手拍子で歌ったり、最後にくじ引きで、おばあちゃんは可愛い飾りの付いた髪を縛るゴム、パパは鉛筆三本、ママはきれいな小さい手帳、驚いたことに初美はピンクのきれいな絵の雨傘だった。まわりにいた人たちも、

「すごいね、いいの当てたね」

とひとしきりざわわした。

「みなさん静かにしてください。今日は楽しかったですか？　楽しかった人は手を挙げてください」

先生の声に、

「はい」「はい」「はい」

子どもも大人も一斉に手を挙げた。

「よかったですね。では最後にみんなでジングルベルを歌って終わりにしましょう」

会場全体が一つになってジングルベルの歌声に包まれた。歌が終わると……、

「みなさん！　静かにしてください。みなさん今日はありがとうございました。楽しい時間も終わりです。来年もまた元気にアス・キッズに来てください。待っています。みんなが良い年を迎えられるよう祈っています。さようなら」

会場は拍手と「ありがとうございました」の声で一杯になった。子どもたちと家族はそれぞれに連れ立って、先生たちに挨拶したり、お互い言葉を交わし合ったりしながら、三々五々家路に向かった。

初美たちもパパの車に乗って帰ることにした。

「良かったね。傘が当たって、今使ってる傘のマジックテープが駄目になって困ってたとこだったから」

とママが嬉しそうに言った。これで一年生の三分の二が終わった。次の年はどんな年になるのか楽しみだ。

気が利きます

三月下旬の雨の降る日、おばあちゃんはアス・キッズに地下鉄で初美を迎えに行った。相変わらず帰りたくない初美はだらだらと帰り支度をしている。おばあちゃんに何度も急かされて、ようやく先生と友だちに「さようなら」をしてアス・キッズを出た。

「早く帰り支度をしないから遅くなっちゃった。今日はバスに乗れないかもしれないよ」

「ごめんなさい」

地下鉄を降り、バスは諦め傘をさして歩き出した。

重い車の響きに振り返ると、後の方にバスがもう来ていた。

「初ちゃん！　バスだ」

「はしろう、おばあちゃんもはしって」

二人は傘をさして走った。初美は先にバス停に着いて、

「おばあちゃん早く！」

と叫んでいる。おばあちゃんは二十メートル程の距離を走り、息も絶え絶えになりなが

らバスにたどり着き、やっとの思いで乗り込んだ。

「あり、が、と、う、ご、ざ、います」

途切れ途切れにお礼を言って、手摺りに掴まった。運転手は穏やかな笑顔で、

「いいですよ、発車しまーす」

バスに乗っている間に、おばあちゃんの呼吸は少しずつ整ってきた。降りるバス停でおばあちゃんは、

「ありがとうございました。助かりました」

と運転手さんに頭を下げてバスを降り歩きながら、

「良かったね。いい運転手さんで」

おばあちゃんが言った。

「おばあちゃん、あきらめないでよかったね」

「本当に」

「わたしね、うんてんしゅさんに、『おばあちゃんがくるから、ちょっとまってもらっていいですか』ってたのんだの、そしたら『いいですよ』ってまってくれたんだよ」

初美が得意そうに言う。

「そうだったの、初ちゃんありがとう」

ごめんなさい

晩秋のある日、おばあちゃんはいつものように初美を迎えにアス・キッズに行った。友だちと遊びたくて帰りたくない初美は、遊びながらぐずぐずと支度をしている。おばあちゃんはいらいらしていた。すると、同じ学校からアス・キッズに来ている万里ちゃんが、「初ちゃん、わたしのママが車でおむかえに来るから、おばあちゃんもいっしょに、のってかえればいいじゃない」と言ってくれた。

初美は大喜びだったが、おばあちゃんは辞退した。でも、万里ちゃんと初美はその気になって遊びだした。

三十分が過ぎても、万里ちゃんのママはまだ来ない。

「初ちゃん！　もう帰ろうよ」

おばあちゃんが声をかけたが、

「もうちょっと、まって」

初美は動かない。

おばあちゃんは我慢をして待つことにした。さらに三十分過ぎたころ、アス・キッズの電話が鳴り、脇田先生が応対している。電話が終わると先生が、

「万里ちゃん！　お母さんは仕事が忙しくて、七時過ぎにしかお迎えに来られないんだって」

それを聞いたおばあちゃんは初美を取っ捕まえて、

「初ちゃん、帰るよ。早く支度して！　万里ちゃんありがとうね。またいつかお願いするかもしれないから、そのときはよろしくね」

初美は渋々帰り支度を始めた。ランドセルを上り框《かまち》に置き、帽子をポイと投げてその中に靴下を放り込んだ。

「初美！　帽子の中へ靴下なんか入れないで」

「え、どうして？」

「靴下は、いろんなところを歩いて汚いでしょ。頭に被る帽子の中に汚い物なんか入れないでください」

「わかった。もう入れないよ」

初美は帽子から取り出した靴下を履き、のろのろとパーカーを着て、

「よっこらしょ」とランドセルを背負っている。

「初ちゃん早くして！　いつもより時間が遅いんだよ。もう一時間も待ってて、おばあちゃ

ん怒ってるんだから」

「はいはい」

初美は、おばあちゃんがどれくらい怒っているか全く考えもしないで、いつものように気楽に話しかけてくる。

腹を立てているので、おばあちゃんは返事もしないで先をさっさと歩いて行く。

「おばあちゃん、どうしてだまってるの」

不思議そうに聞く。

「おばあちゃんは、もの凄く怒ってるの」

初美は驚いたような目でおばあちゃんを見つめた。

「おばあちゃん、ごめんなさい」

俯《うつむ》いてしばらく考えてから、ぼそっと言った。

「何が『ご免なさい』なの？　何が良くなかったのかわかってるの」

初美は黙ったまま俯いて歩いている。食いしばった歯の間からキュウキュウと押し殺した泣き声が漏れる。それでもおばあちゃんは、知らんぷりで歩いて行く。ちょっと泣いて静かになった。ヒックヒックした後で、

「おばあちゃん、くつしたをぼうしに入れたことごめんなさい。それから、一時間も待たせてごめんなさい」

「初ちゃんが悪かったこと、ちゃんとわかったね。これからは、こんなことしないようにするんだよ」

「はいわかった。おばあちゃん、ママには言わないでね。おねがい」

「二つも悪いことがあったのに、二つともママに言わないなんて、できないよ」

「うーん、どうしようかな。ぼうしの中にくつした入れたことは内緒にしてね」

初美は掌《てのひら》を合わせて、上目遣いでおばあちゃんを見ている。

「もう、こんなことしないと約束できるなら、ママには言わないよ。でも、おばあちゃんを待たせたことはママに話すからね」

「はい」

初美が素直な顔を見せて、一軒落着。その後はいつものように楽しく話しながら家に帰った。

折り紙の花

初美が青色の折り紙で上手に花を作った。

「これはパパにあげるバラの花。おばあちゃんにも、つくってあげるよ。なに色がいい」

「そうだね。黄緑色にしようかな」

「わかった。ちょっとまっててね」

黄緑色の折り紙を選んで、パパと同じ形の花を折ってくれた。

「ママにはあげないの？」

「ママにも折ってあげる。なに色にしようかな。ピンクかな、きいろかな。あ、ママはおこりんぼで、かっかとしてるから赤にしよう」

手早く赤い折り紙で同じ花を折って、三つをテーブルの上に並べた。どこで覚えたのか、なかなか上手い具合に折れている。

パパもママも、おばあちゃんも、

「上手に折れたねえ」「きれいだね」「ありがとう」

と言って貰ったが、どこに置こうか、適当な飾る場所がないねと、三つともテーブルの上にのったままになっている。

それから半月ほど過ぎた月曜日の朝、両親が初美を連れて来た。

「今朝からお腹が痛いと言い出して。悪いけど今日一日預かって欲しいんだ。念のため、いつもの病院に連れてってもらえたら有難いんだけど」

と、ママが心配気味に言う。

「いいよ。予約して行けばいいんだね」

「すみません。よろしくお願いします」

パパも申し訳なさそうに言った。

「大丈夫。ちゃんと面倒みるから、行ってらっしゃい」

「パパ、ママ、いってらっしゃい」

初美も手を振った。

おばあちゃんは、朝食の後片付けをしながら初美の様子を見ていたが、意外に元気そうだ。

〈これは怪しい、仮病かも〉と思ったが、かかりつけの小児科に電話で予約して連れていくことにした。予約した時間までには少し間があった。

「先生に、お花作って持ってってあげる」

その間に初美がピンクの折り紙で、バラの花を折って自分のカバンに入れて持っていった。

病院で診察してもらった結果、

「どこと言って悪いところはないですね。気分的なものかもしれません。今日はこのまま帰って様子を見てください。調子が悪くなったら、また来てください。多分、何ともないと思います」

先生の診断に、おばあちゃんは、やっぱりと思った。

「先生、はいどうぞ」

初美がカバンの中から、折り紙の花を取り出して先生に差し出した。

「おっ！　ありがとう。これ、初ちゃんが折ったの？　上手だね。どっかに飾っとかないかんな」

笑顔を向けて看護師さんに渡した。

初美の腹痛はどこへ行ったのか、にこにこ顔でおばあちゃんの家に戻った。

おじいちゃん

初美が『天国と地獄』をテレビで見たのか、本で読んだのかはわからないが、

「おばあちゃん、おじいちゃんは天国へ行ったかなあ」

と、聞いてきた。

「怒りっぽいおじいちゃんだったけど、病気になってからは仏様みたいに良い人になっちゃったから、きっと天国に行けたと思うよ」

「おじいちゃんて、どんな人だった？」

初美の問いに、おばあちゃんは少し考えて、

「おじいちゃんは、初ちゃんを大好きだったよ。おばあちゃんとママは、ちょっとしたことでおじいちゃんによく怒られたけど、初美は全然怒られなかったんだよ」

「ふうん、おじいちゃんが新聞をよんでいるときに、わたしが新聞の上を歩いて、おじちゃんが困ったことがあったんだよね」

「そうだったね。おじいちゃんは、初ちゃんが三歳になる少し前に、病気になって入院し

たんだよ」

「うん、なんだかおぼえている。病院で、おじいちゃんがこしかけている車いすを、おしてあげたような気がする」

「おじいちゃんは、嬉しそうだったよ」

おばあちゃんは、おじいちゃんのことをいろいろ思い出した。

うつ病で季節の変わり目には怒りっぽくなって、怒りだすと何日も家中が暗くなるので、おばあちゃんは、おじいちゃんを怒らせないように、いつも言葉に気を付けていた。

ところが、平成二十一年の二月に脳溢血で倒れて入院してからは、顔の表情が穏やかになり、怒らなくなった。見舞いに行くと、

「忙しいんだろ、無理して来んでもええぞ」

と、優しい言葉を使うようになり、おじいちゃんは仏様みたいに変わった。

「初ちゃん、おじいちゃんは、天国で待ってたママのお姉ちゃんや、ママのおばあちゃんと仲良くしてると思うよ」

「そうか。そうして天国からわたしたちのこと、見ててくれるんだね」

初美は部分的にしか覚えていないだろうが、自分からおじいちゃんのことを話してくれたのが、おばあちゃんにとって嬉しいことだった。

ビタミンC

初美が冷蔵庫の扉を開けて、

「おばあちゃんとこの冷凍庫、なんにも入ってないね」

と、驚いている。

「スーパーがすぐ近くにあるから、冷凍食品はいらないんだよ」

「そうなんだ」

納得して次の野菜庫を開けた。

「やさい、ちょっとしか入ってないね。ビタミンCはいっぱい食べなきゃいけないのに、だめじゃない」

生意気なことを言う。

「本当だね。野菜や果物買って入れておくね」

その日の夕食は、山盛りの野菜サラダを作った。初美はサラダの上にのっている生ハムをぱくぱく食べている。

「おばあちゃんの生ハムも一枚もらっていい」

「いいけど、ビタミンCいっぱいの野菜も食べてくださいよ」

「う…ん。ちょっと……いらない」

初美が顔をしかめた。

「ビタミンCをいっぱい食べないと駄目だって言ったの誰だった？　一口でもいいから食べてください」

初美は、ドレッシングをかけたレタスを、箸でつまんで嫌々口に運んだ。

「それっぽち食べても、ビタミンCは足りないよ。パイナップル切ってあげるから、食後の果物も食べてよ」

「パイナップルいらないよ。ヨーグルト食べたらごちそうさまにする」

「保育園のころは何でも食べてたのに、小学生になってから食べないものが増えたね。給食は残さずに食べてるの」

「うん、食べてるよ」

「ほんとかな。家でも、ちゃんと食べてください」

最近、好き嫌いが多くなり、自己主張も盛んになって困らせるが、初美の成長の証しだろう。

ママは怒りんぼう

雨降り

秋の初めころ。朝は晴れていたが午後から雨が降ったり止んだり。ときに強く降ることもあって、おばあちゃんは傘を差して初美を迎えに行った。

トワイライトスクールの人たちに挨拶をして帰ろうとしたら、初美が手ぶらでいる。

「傘を忘れないで！」

おばあちゃんの声に、初美はけろっとした顔で、

「きょうは、かさ持ってこなかったよ」

「えっ！　こんなに降ってるのに傘がないの、しょうがないね。おばあちゃんの傘に一緒に入って帰ろう」

と、寄り添っておばあちゃんの家に帰った。

二人で夕食を済ませたところへママが帰ってきたので、おばあちゃんが思わず言った。

「お迎えに行ったら、初ちゃん傘を持ってなかったんだよ」

「えっ！　パパったら、朝天気予報見てたのに傘持たせなかったんだ。もう、本当に駄目なんだから」

ママの言葉に、初美とおばあちゃんは、

〈パパ、怒られるんだ〉と暗い気分になった。

翌日、民間の学童保育アス・キッズへ初美を迎えに行き、顔を見るなり、おばあちゃんが尋ねた。

「昨日のママ、どうだった？」

「パパのことおこってたよ。パパちょっとしゅんとして、だまってた」

「やっぱりね」二人は顔を見合わせて苦笑した。

その数日後、朝は小雨だったが昼ごろから本降りになった。時間がきたので、おばあちゃんはレインシューズを履き傘を差して初美を迎えに向かった。傘は持っていたが、初美の靴はスニーカーだった。

「こんなに降ってるのに、スニーカーなんだ。濡れないように歩いてよ」

「うん、わかってる」

初美は水溜まりを避けて濡れないように上手に歩いたので、おばあちゃんは安心した。

初美が風呂に入っているときに、ママが帰ってきた。

「こんなに降ってるのに、パパはレインシューズを履かせなかったんだ。もう、しょうがないね」

玄関に入るなり、ママの小言が飛び出した。

風呂から上がった初美が身体を拭きながら、

「ママおかえり！　私水たまりに入らないように気をつけて歩いたから、くつはぬれなかったよ。だからパパのこと、おこらないでね」

「でも、この前注意したとこなのに。まただから……、やっぱり言っとかなくちゃね」

おばあちゃんは二人の会話を聞いていて、

〈初美のことなのに、パパが怒られるのは変だよ〉

と思ったが、言葉にしたら矛先が初美に向かって来るから可哀想だと思って黙っていた。

いつか機会を見て初美に話してやることにした。

さらに数日後、朝薄曇りだったのが、初美を迎えに行くころに雨になった。その日また傘を持ってなかった初美と、一つの傘に入って帰ることになった。

夜帰ってきたママに、おばあちゃんが言った。

「初美、今日また傘持ってなかったんだよ」

「わあ！　ごめん、ごめん。テレビの天気予報見てて傘を持たせなきゃ、と思ってたのに忘れちゃった。ごめん、ごめんアッ、ハッ、ハッ、ハッ、ハア」

おばあちゃんと初美は、思わず顔を見合わせた。

「パパと同じことやってるのに、何がアッ、ハッ、ハッなの。パパのこと怒る資格ないよ」

おばあちゃんの指摘に、

「本当だね、ごめん」

ママの言葉には、おばあちゃんも初美も気分がすっきりしなかった。翌日、ママがいないときに初美が言った。

「ママは、ひとのことはすごくおこるけど、自分のことは何かいいわけして終わっちゃうんだから、ずるいよね」

「おばあちゃんも、そう思うよ」

二人は頷き合った。

宿題

初美は勉強する態度にムラがあり、学校の宿題はきちんとするが、公文の教室の宿題は、調子の良いときにはすいすいと短時間でやってのけるが、やる気のないときは少しやったかと思うと、ふっと立って行ってプリチケや縫いぐるみに触れたりして遊び、机に戻ってまた続きをするといった具合で、いつまでたっても宿題が終わらない。

そんなある水曜日のことだった。トワイライトスクールから少し早く帰ってきたので、学校の宿題がちゃんとできているか、おばあちゃんがチェックしたらできていた。明日の木曜日に持って行く公文の宿題をするように何度も呼びかけるが、

「今おどってるから、後でね」とか「このテレビが終わったらするよ」

何だかんだと御託を並べてなかなか取りかからない。業を煮やしたおばあちゃんが、

「初ちゃん! いい加減にしなさい。算数か国語かどっちかできたら食事にするから、どっちにする?」

「ううん、国語……算数……やっぱり国語」

「できたらできたって言ってよ。ご飯にするから」

「はあい」気の乗らない返事が返った。

勉強を食卓でしているので、終わらないと食事ができない。おばあちゃんは宿題が済んだらすぐ食事ができるように、調理台の上に食べ物を盛った皿や、汁椀、茶碗を並べていると、

「おばあちゃん、わかんない」と、助けを求めてきた。

「問題をよく読めば答えはわかるはずだよ。声に出して読んでみてごらん」

「マサミちゃんは東京から引っ越してきた男の子。ヨッちゃんは戦争から帰ってきた人で、

ミイは原子爆弾で家族をなくした女の子で、ヨッちゃんが連れてきました」

「ミイは、誰に連れてこられたのかな」

「わかった！　ヨッちゃんだね。あと少しだからね」

しばらくして国語が終わった。食卓の上を片付けて夕食の用意をする。初美は手を洗って食事を始めた。おばあちゃんも急いで動かしていた箸を置いて立ち上がり、風呂を沸かすのにリモコンのスイッチを入れた。初美は食事を終え、歯磨きを終えると、また踊り始めた。

「まだ算数が残っているでしょ。ぐずぐずしてるとママが帰ってくるよ。ママに怒られないと勉強ができないの」

「はいはい、算数やりますよ」

と算数を始めたが、どうにも落ち着かなくて捗《はかど》らない。いらいらしてきたおばあちゃんが、

「初ちゃん、お風呂に入ってから続きをしたらどう」

「それ、いいね。じゃ入る」

意外にすんなりと風呂に入った。出てきてまず冷たいお茶を飲んで算数を始めたが、やはり一向にすすまない。

そこへママが帰ってきた。

「まだ公文やってるの。算数一枚しかできてないじゃない。しょうがないね。ママはご飯食べるから、その間に終わるように。いいね」

ついにママに怒られて初美は懸命に頑張っているが、焦れば焦るほど空回りをして、何度も同じ間違いをして正解にたどりつけない。そのうちにママが食事を済ませた。

「まだできないの。後は家でしなさい。時間があったのに勉強しなかったのは駄目だね。決められたことをちゃんとやれないんだったら、チアダンスはやめるんだね」

初美が恨めしそうな顔でママを見つめて、

「チアをやめるのはいやだ」と小声で言った。

ママがそんな初美をちらっと見て、

「いやだったら、決められたことはちゃんとやれ！」

強い口調に、初美の頬に涙が一粒ぽろっとこぼれた。

「早く片付けて！　残りは家でやるんだよ」

気まずい空気を残して、二人は帰って行った。

翌朝、出勤前にママがおばあちゃんの家に立ち寄った。

「夕べは、どうだった？」

「うん、凄く早く計算しちゃったよ。チェックはしてないけど」

「じゃあ、今日の公文には間に合ったね」

「うん、それじゃあ今日は公文の方、お願いします」

ママを見送って、おばあちゃんはふうっとため息をついた。おばあちゃんは、ママのようにガンガン怒れないし、ママを育てているときにもあんな怒り方をしなかった。感情的にならないように、気をつけて叱るようにした。それが良かったのか、悪かったのかわからない。初美は両親にまかせ、口出しをしないことにしよう。

最後は、それぞれのスタイルで行くより仕方がないのだ、とおばあちゃんは自分に言い聞かせた。

その日、初美を公文に送って行って、先生に昨夜の顛末を話し、分数の通分、約分の数が大きくなってきて、計算チェックに時間がかかり過ぎて困っているというと、

「これ持って行ってください。今やっている『E』が終わったら返してください」

と、解答の冊子を渡してくださった。

これで、初美がママに怒られないように、勉強を見てやれるかもしれないな――。

みんな大好き

ママは可愛い

ある金曜日の朝、ママが出勤前におばあちゃんの家に立ち寄って、

「今日、私は用事があって帰りが遅くなるので、初ちゃんのお迎えはパパにお願いしてあるから、よろしくね」

言い残して、慌ただしく出かけて行った。

午後、トワイライトスクールへ迎えに行った帰り道、おばあちゃんが初美に話しかけた。

「初ちゃん！　ママは今日帰りが遅くなるから、お迎えはパパなんだって」

「なんだあ、ママの方がよかったな」

初美から予想外の言葉が返ってきた。

「えぇ！　パパのこと嫌いになったの」

「きらいじゃないけど……今日はママにきてもらいたい気分なの」

「ふうん、ママは怒りんぼうだけど大好きなんだ」

おばあちゃんが不思議そうに言う。

「ママだって、いつもおこってばかりじゃないでしょ。おこってない時はやさしいし、かわいいよ」

「え！　ママが可愛いって。どこが……」

おばあちゃんはびっくりした。どう見ても、太った中年のおばさんにしか見えないママのどこが可愛いと言うのか、考えを巡らせてみた。

初美の言うママの可愛さは外見ではなく、仕草や言葉のやりとり、明るくて優しい心配りに可愛らしさを見るのだろうか。

「ママと一緒にハーフケットをたたむとき、『せーのぺったんこ、せーのぺったんこ』と言うときとか、初ちゃんが手を広げて、少し離れたところからママに向かって突進していくときに、『きゃあ！　やめて、やめて』と言いながら最後は抱っこしちゃうとか、そんなときが可愛いんだね、きっと」

「そうだよ。私とへん顔し合ったり、アルプス一万尺の手あそびしたり、いっしょにあそんでくれるときのママが、かわいいんだよ」

それを聞いておばあちゃんは納得した。

「そうだね。初ちゃんとママは、よく遊ぶもんね」

ママは会社からの帰宅が午後八時過ぎになることが多い。それでも五分か十分は初美と言葉を交わし、ちょっとでも身体を触れ合って遊ぶ。初美には、自分と同じ位置と同じ目線で遊んでくれるときが嬉しいひとときであり、ママが可愛く見えるときだろう。

怒らないで

パパは明るくて、気配りができて、優しくて、理数系の勉強はパパの専門で、本当に頼りになる存在だ。

それに、自動車の運転が大好きなパパは、おばあちゃんが感心するほどの模範運転手だ。狭い道の四つ辻では必ず止まって、目と指で左右の安全を確かめてから発進する。そればかりか、脇道から出てくる車がウインカーを出して止まっていると「どうぞ先に行ってください」と手で合図をする。本当に優しいのだ。高速道路に入れば、車間距離を十分に取って走行する。道路が空いているときはスピードも出すが、無謀な運転は絶対にしない。

そんなパパが、唯一罵声を発して怒るときがある。

パパを怒らせるのは、狭い脇道から一時停止もしないで出てくる自動車に遭遇したときだ。

「馬鹿野郎！　危ねぇじゃねえか。気ぃ付けろ！」

パパには似合わない言葉が飛び出す。そこで初美が、すかさずに言う。

「パパ、おこらないで」

「ご免、ご免。だけど今の奴、危なかっただろう」

初美が、ゆったりした口調で言う。

「パパがおこっても、向こうの車の人には聞こえないよ」

「初ちゃんの言う通りだ」

その度に納得するパパだが、同じような場面に出くわすと、同じ罵声を浴びせて、初美に宥《なだ》められる。

先日も、渋滞してのろのろ運転で苛々しているところへ、脇道からちょっとの隙を突いて割り込んできた自動車に腹を立てたパパが、例によって怒った。

「何やってんだ！　危ねぇじゃあねえか。一時停止しろよ。ぶつかったらどうしてくれるんだ！」

初美がすぐに反応する。

「まあまあ、落ちついて、落ちついて」

年配の小父さんか小母さんのような口調に、怒っていたパパも一緒に乗っていたママもおばあちゃんも、思わず吹き出してしまった。

高速道路では、しっかり車間距離を取って走行しているパパの自動車の前に割り込んでくる車が多くて、その度にパパの罵声が飛び、初美のゆったりした口調に和ませられる。初美はパパのことも大好きなんだ。

おばあちゃん

パパもママも会社の仕事が忙しくて、祝日も祭日も休みにならない。そういう日は、おばあちゃんの家に行く。朝ご飯を食べてから行くときもあるし、パンとサラミとかを持って行くこともある。するとおばあちゃんが、

「朝の食事はこれだけなの？ 情けないね」

などと言いながら、茹で卵とかサラダを出してくれる。

「わあ、ごうか」

私が喜ぶと、おばあちゃんも笑顔になって、

「こんなことで豪華だなんて……。果物もあるよ」

と言って、苺も出してくれる。食事が済むと一緒に歯磨きをして、洗濯物を干すのを手伝ったり、部屋の掃除をしたり、おばあちゃんが喜んでくれると思い、トイレの掃除もす

ることにした。

「おばあちゃん、私、日曜日はいつもトイレ掃除をしてるから、ここのトイレもやってあげる」

おばあちゃんが出してくれたトイレクイックルと洗剤とブラシを使って、自分のマンションのトイレ掃除と同じように丁寧に掃除をした。

「きれいになったよぉ」

私の声を聞いて、おばあちゃんがトイレの中を覗いて、

「きれいになったね。気持ちが良いよ。ありがとう」

やっぱり喜んでくれた。

おばあちゃんは勉強にも付き合ってくれる。とくに国語はよくわかるように教えてくれる。算数は分数の掛け算、割り算は苦手みたいで、私の方が間違えないで早くできてしまう。私がおばあちゃんに教えてあげたいけれど、教えるって、めんどうくさい。でも、おばあちゃんの国語の力ってすごいと思う。テレビで漢字の読み書きとか、同音異義語なんかほとんど間違えない。

「おばあちゃんが、テレビに出たらすごいと思うよ」

私が言ったら、

「だめだめ、家だからできるけど、人の見てるところでできるかどうかね。それに芸能人

が出てるから、普通の人は駄目でしょう」と笑顔で言った。

そのほかにおばあちゃんは編み物もできるし、ミシンでポシェットや手提げ袋も作ってくれる。

「おばあちゃんは何でもできるし、お料理も上手で、本当にすごいね」

おばあちゃんをほめたら、

「ママが子どものころは、ママの洋服もセーターもいっぱい作ったし、料理も今よりもっと工夫して色々なご馳走を作っていたけれど、このごろは面倒になっちゃって。初ちゃんには悪いけど、ごめんね」

おしまいは小さい声になっていた。

おばあちゃんは優しいし、私のことを心配してくれるから、大好きだ。

お別れ

平成二十七年五月、初美の曽おじいちゃんが八十五歳で亡くなった。

北海道で酪農業の基礎を築き、広い農地と百頭以上の乳牛の管理をする日々だった。農業は冬にはゆっくりできる農閑期があるが、酪農は生き物が相手だから手抜きはできない。一日に二回の給飼《きゅうし》と搾乳は欠かせないし、牛たちの健康にも配慮して、春には雌牛の出産の手助けと、生まれた子牛の健康管理等々、多忙な暮らしの中で曽おじいちゃんは、大黒柱の存在であった。

七十歳半ばから仕事を徐々に息子や孫に任せるようになり、地域の集会に出かけたり、定期的に病院に通ったりで、体力的にも無理ができなくなっていたようだ。

曽おじいちゃんの息子は、男ばかり五人の子どもに恵まれ、その長男（初孫）が今は主要な働き手で、三人の子持ちである。次男が初美のパパで、三男と四男は札幌でそれぞれ家庭を持つ勤め人だ。三男には子どもがいないが、四男には二人の子どもがいて、五男は岩手に住んでいる。五人兄弟の孫たちは、みんなおっとりとした優しい性格で、初美のパパは末弟と十歳も離れているので、弟のおむつを替えたりして、色々と面倒を見ていたようだ。

おじいちゃんにとって、自慢の孫たちだったに違いない。それというのも、曽おじいちゃん自身がとっても穏やかな性格だったから、孫たちもその影響を受けたのではないかと思われる。

晩年は曽おばあちゃん、同居の息子夫婦、孫夫婦と曽孫三人、合計九人の大家族でにぎやかな中にも平穏な生活だった。ところが、二十六年の秋ごろから体調を崩して入退院を繰り返し、年末から入院したまま年を越して最後は肺炎で亡くなった。

初美は両親と一緒に葬儀に参列したが、おばあちゃんはかえって足手まといになるのではと思い遠慮した。

二十八年に一周忌の法要が行われた。土曜日ということで、金曜日に初美が学校から帰るのを待って、この日はおばあちゃんも一緒にセントレアから飛行機で飛び立ち、新千歳空港に夜着いた。その夜は札幌まで移動してホテルで一泊した。当日は早朝にレンタカーで三時間ほど走ってパパの故郷新冠《にいかっぷ》に着いた。

パパの実家に着いて、大勢の人でごった返しているのに驚いた。誰彼構わずに挨拶して名前を聞いても、どんな関係の人なのかわからない。でも、一様に温かい雰囲気の人たちで、緊張することもなく溶け込めた。

初美は、早速従妹たちと馴染んでうれしそうだった。

金ぴかの立派な仏壇が祭られている仏間は、座卓を並べ座布団を敷くと、広い食事処となって、故人の思い出話で座が盛り上がっていた。勝手のわからない私たちは、リビングで初めて顔を合わせた同士で話が弾んだ。その中で、曽おじいちゃんの兄弟と思われる人が話し始めた。

「私たちは男ばかりの五人兄弟で、私は四男です。今日、法要してもらったのが長男です」

「まあ！　偶然でしょうか。ここのお子さんたちも、五人兄弟ですね」

思わずおばあちゃんが言うと、

「亡くなった長男は、家族の中で一番頑張って働いた人だった。私たちがここに住むようになったころは、この辺り一帯は林だった。自分たちで掘っ立て小屋のような家を造り、そこで暮らしながら周りの木を切り倒し、ダイナマイトで根こそぎ取り除いては少しずつ畑にしたんですよ」

「えぇ！　この広い畑が林だったなんて……」

おばあちゃんが驚いて畑に目を遣った。その人もリビングの窓に広がる広大な畑を眺めながら続けた。

「後を継いだ正君も頑張ったが、兄貴には追いつけんね」

「凄い人だったんですね。苦労話はされても、自慢される人じゃなかったから、心から尊敬しちゃいます」

「皆さん！　食事にします。移動してください」

その声で、話は途切れた。

従妹たちと遊んでいた初美が、ママを探しにリビングへやってきた。健康だったころの曽おじいちゃんに、丸いラムネ菓子を小さな指でつまんであげていた姿と重なった。

初美の曽おじいちゃんは昭和五年生まれ、終戦の年には十五歳。長男だからと、両親や弟たちの先に立って働かれたのだろう。義務教育を受けるのが精一杯だったろうに、豊富な知識と自分の意見を持った人だった。

やがて初美も、そんな立派な曽おじいちゃんを尊敬することだろう。

傑作

初美は学校から帰って手洗いと嗽を済ますと、おやつを食べる。

「おいしいね。おばあちゃんもちょっと食べたら、はいどうぞ」

「ありがとう。本当に美味しいね」

「また買ってきてよ。お願い！」

おやつを食べ終えると宿題に取りかかる。

「おばあちゃん、ここわからないから教えて」と呼ばれることも少なくなって、夕食の準備が捗り大いに助かる。

宿題ができてしまうと後片付けもそこそこに、納戸から段ボールの潰したのを持ち出してきて、足をのせて鉛筆で自分の足形を書いている。おばあちゃんは台所で気にしながら、もうすぐ食事が出来上がるという寸前に、

「できたぁ、おばあちゃん見て見て。私のスリッパができたよ」

初美のうれしそうな声がした。

初美の手元を見ると、段ボールでできたスリッパだ。

「わあ凄い！　あんなちょっとした間に素敵なスリッパを作っちゃうなんて。パパとママにも見せてあげようね」

「うん、私の足にぴったりだし、歩きやすいんだよ」

得意そうに鼻をうごめかす。よく見ると、元は華やかな果物や花が印刷された箱だったが、底の部分は裏返した素地でできていて、甲の部分も華やかなところを避けてピンクの縞々のところだけを広い帯にして、スッキリしたデザインに仕上がっている。

まいったなあ。三十分足らずの間にごちゃごちゃした絵柄の段ボールを上手く切り取って、すっきりしたデザインのスリッパに作り上げるなんて、おばあちゃんにはとても真似のできない才能、ただただ脱帽だ。

健康教室

全国に展開している、女性のための三十分健康教室が「カーブス」だ。

　おばあちゃんは平成二十六年の三月から、地下鉄で一区にあるカーブスに通っている。変形性股関節症の痛みを和らげたいと、一カ月十回を目標に頑張っているが、何かと用事ができて目標に達する月は少ない。

　とくに二月、三月は確定申告の時期と重なり、資料の整理に追われて忙しく、同人誌「文芸きなり」八十四号の原稿締め切り間近で悪戦苦闘していた。それに初美のチアダンスの発表会も迫っていて、次々に届く衣装を初美の身体のサイズに合わせて手直しをしたりと色々支障が出てきて、月に十回通うのはなかなか厳しいものがある。

　それでも通い始めて一年になり、杖を頼りにしてよたよた歩いたころに比べると、少しは歩くのも早くなったようだ。しかし天候の加減か、思いがけなく調子よく杖なしで歩ける日もあれば、ひんやりと寒い日や雨の日には、まだ痛くて辛いときもある。

　初美が四年生になってからはトワイライトスクールのお迎えはなくなったが、アス・キッズ（民間の学童保育）のお迎えは、地下鉄で二区の植田まで週二、三回は行くことになっているし、週一回のスイミングスクールの送迎バス乗降場までは送り迎えに行く。初美がバスに乗り込むのを見届けて家に帰り、夕食の支度をして、またお迎えに行く。

いつも一緒に歩いている初美は、おばあちゃんに気を遣う。アス・キッズからの帰りで、地下鉄で席が一つしか空いてないときは、必ずおばあちゃんに譲るし、調子がよさそうだと思うと、

「おばあちゃん、今日は早く歩けるみたいだね。よかったね」

などと喜んでくれる。

ある夕方、スイミングスクールのお迎えに行くと、近くのマンションから小型犬を散歩に連れ出す小父さんに出会った。犬の胴と腰に柔らかそうな紐が付けてある。足か腰に故障があるらしい。チョコチョコと歩いては立ち止まる。小父さんが紐を優しく持ち上げるとまたチョコチョコと歩く。小父さんの優しさを信頼してか、うれしそうに歩く姿を見て心が温かくなった。

「可愛いね。足が悪いのかな、可哀想だね」

初美も小さい犬と、小父さんに興味を持ったようだ。それからは、毎週同じ時間帯に小父さんと犬を見かけるようになったが、小父さんとうれしそうな犬の様子はいつも変わらなかった。何度目かに会ったとき、初美が言った。

「ねえ、おばあちゃん、犬のカーブスがあったらいいと思うんだけど」

「えっ！　犬のカーブス？　おばあちゃんはそんなこと思ってもみなかったよ」

「犬のカーブスがあって、そこで運動したらあの犬だっておばあちゃんのように、少しずつ良くなるかもしれないじゃない」

「そうだね。でも犬のカーブスはないからどうしようもないよ。あの犬はいつもうれしそうに歩いているから、それで良いんじゃないの」

「そうだね」

いつの間にか、こんなことを考えられるようになった初美は、なんて優しい素晴らしい子だろう――。

サプリメント

おばあちゃんは、今までにいろいろなサプリメントを試してみたが、どれも効能書きほどの効果はなくて失望していた。二、三年前の新聞に、

「たくさんのサプリメントが売り出されていて、テレビやチラシで素晴らしい効果があると宣伝している。製薬会社やサプリメントの会社を非難するわけではないが、ほとんどのサプリメントは効能書きほどの効果は期待できないばかりか、同じサプリメントを長期にわたって摂り続けることにより、製品によっては不必要な成分が身体に蓄積されて悪影響を及ぼすことも考えられる。そんなに素晴らしい効果があれば、病院や医院で患者に用いるはずだが、そんな話は聞かない。どうしても試してみたいときは、医師に相談してから摂取するのが好ましい」

というような内容が書かれていた。

以前知人に勧められて、十年くらい摂り続けていたサプリメントがあった。その知人は、「僕はこれ飲んどるから背も縮まんし、眼もよう見えて調子が良いよ」と自慢していたが、年末に入院して手術をされた。それも二度目だと聞く。それを知ったおばあちゃんは、きっぱりサプリメントと縁を切った。

今日もテレビからコマーシャルが流れている。

「おばあちゃん、あのサプリメント注文したらどう？　痛いのが治るって……」

初美が優しい顔を見せた。

「ありがとう、考えてみるね」

言葉は返したが注文はしない。自力を信じたいから。

水泳

二〇一四（平成二十六）年、初美は二年生になり、相変わらず明るく、元気な学校生活を送っていた。だが、夏休みの前のプールは、苦手というほどではないが泳ぐことができなかった。

そこでママは初美を水泳教室に通わせることにした。水泳教室の送迎バスの停留所まで、近所の同級生の郁夫君と二人をおばあちゃんが送り迎えすることになった。

暑い日も寒い日も、雨の日も風の日も、休むことなく頑張って通っていたが、郁夫君は六カ月ほどでクロールをマスターし、次の背泳ぎに移っているのに、初美はクロールがなかなか上手くできない。月末のテストの結果は、息継ぎが上手くできない。右手の水をかく力が弱い。バタ足の力が弱くて沈んでいく等、何度も何度も挑戦して一年ほど過ぎてようやくテストに合格した。そして次の背泳ぎに進んだが、テストの度に腰が落ちる。足の蹴りが弱い。平泳ぎも同じことを何度も指摘されながら、半年以上かかってやっと合格できた。

最後はバタフライだが、このころになると水に浮くのにも慣れたからか、それとも腹筋が鍛えられたのか割り合いに早く合格した。だが今までの経過から見て、まだ合格しないと判断したママが、あと一カ月練習するように予約をしてしまったので、バタフライに合格してから一カ月は自由形の練習をした。

自由形の練習が始まって二回目くらいのときに、ママが教室に行って最初から最後まで見学してきた。初美が、クロール、背泳ぎ、平泳ぎ、バタフライと全ての種目がきちんと泳げて、なかでも平泳ぎを凄くきれいなフォームで泳いでいたのを見て感動したと喜んでいた。

自由形の練習を始めて一カ月、初美は水泳選手になる気持ちはないが、泳げるようになったことで満足したようだった。

一緒に通っていた郁夫君は、三年生には背泳ぎもマスターした。四年生になって平泳ぎに移るころ、屋久島の小学校に国内留学すると言って水泳教室を退会して、初美は一人で通うことになってしまった。おばあちゃんより背も伸びて大きくなった初美は、杖をついてバス停まで送り迎えするおばあちゃんに、

「一人でバス停まで行けるし、一人で帰ってこられるから、おばあちゃんは家にいていいよ」

と言ってくれるが、人通りの少ない裏道で何が起こるかわからない。送り迎えは続けよう、とおばあちゃんは思っていた。

「人通りが少ない道は怖いから、送り迎えはしてあげるからね。初ちゃん一人の方が早く歩けるけど、足の遅いおばあちゃんと一緒にゆっくり行ってね」

薄暗い裏道を一週間に一回、雨の日も風の日も、暑い日も寒い日も、頑張って通い続けた。長いような短いような二年と十カ月だった。

いつまでたっても次に進めないときには、一、二度やめたいこともあったようだが、何とか乗り越えて四種目が全部泳げるようになって、本当に良かった。

郁夫君は、五年生になったら逞しくなって帰ってくるのかと思っていたが、次は郡上八幡の小学校に留学するために離れて行ってしまった。


その年の夏は親子三人、三泊四日で沖縄へ行った。おばあちゃんだって若いときには知多の海で、背中や鼻の頭や、ほっぺが真っ赤に日焼けするくらい泳いでいたが、今はもうそんな元気はないので、沖縄行きには参加しなかった。

初美はゴーグルを付けていっぱい泳いだらしい。海から上がったら日焼けしないようにパーカーを羽織るようにしていたようだが、パパはパーカーを忘れたので、肌が赤く焼けてヒリヒリと痛んだらしく、最後の日は海に入れなかったということだった。

四日目には、待望の美ら海水族館で飽きもせず海の生き物たちと過ごしたらしい。帰ってくるなり、

「ああ、楽しかった！　また行きたいね」

親子の思い出話は尽きなかった。

おばあちゃんだって沖縄の史跡や絶景を観賞したかったが、高齢で運転免許を更新しなかったのでレンタル車にも乗れず、初美たちと別行動は無理なことだ。残念だけれど、留守番をするしかなかったと思ったおばあちゃんだった。

歌う

初美はこのごろ、おばあちゃんの子ども時代のことをしきりに聞きたがるようになった。おばあちゃんも昔を思い出して折に触れ、話してやっている。

おばあちゃんは小学校（そのころは国民学校）の四年生から合唱を始めた。どういうわけか、そのころからアルトだった。昭和十六年のことだ。

当時は自分のパートの音を外さないように歌うのが精一杯で、どんな風に歌えているのか、考えたこともなかった。音楽担当のチイ山田先生（もう一人の背の高い山田先生をオオ山田先生と呼んでいた）は、いつも余裕を感じさせる先生で、音楽の本や筆記用具を持たないで音楽室に来た生徒には、

「教室に取りに行ってきなさい。急いでゆっくり行ってくるように。分ったかい」

と、ニヤリとするような先生だった。

その年の十二月八日、大東亜戦争に突入した。十八年ころになっても、大本営発表による戦勝ムードが漂っていたが、十九年になると大都市を狙った空襲が相次ぎ、名古屋は危ないからと父の実家の一宮に引っ越したのは六年生だった。警戒警報のサイレンが鳴るとランドセルに学習用具を入れて、町内の分団ごとに整列して急いで家に帰り、警報が解除になるまで自宅待機するのだ。急いで下校するので宿題もなく、勉強はほとんどしていなかった。

そんな中でも夏の合唱会のための練習は、六年生の中から選ばれた二十人ほどの児童を集めて続けられ、おばあちゃんもその中にいた。

夏休みのある日曜日に、一宮市内の国民学校の代表児童たちが、第二国民学校の講堂に集まって合唱会が開催された。どの学校も元気に歌っていて、自分たちがどんな具合に歌えたのかもさっぱりわからない。全員歌い終わると優秀校の発表やその講評があった。わ

が校は優秀賞を逃したものの二位になって大喜びをした。

それから一年も経たない昭和二十年の七月下旬に一宮は空襲に遭い、焼け出されたおばあちゃんたち一家は、亡き母の実家に厄介になることになった。夏休みの間はここで過ごし、二学期からは近くの借家に移って父方の祖母と、父の妹のきよ叔母と、父と弟妹の四人、合計七人が六畳二間で暮らし始めた。毎日中学校に通学していたが、農業実習と音楽クラブのことを思い出すが、勉強した記憶があまりない。給食に供するための甘藷《かんしょ》や米、麦の栽培など農業中心の土地柄に即した授業だった。

音楽の先生のいない中で教頭先生自らオルガンを弾き、何とも古めかしい歌詞の歌を教えてくださった。音楽クラブはほとんどおばあちゃんの主導で、何とか二部合唱ができるまでになった。ただただ楽譜通りに音が出せているというだけで、上手いも下手も頭にはなく、伴奏も右手でメロディー、左手で和音または分散和音で対応するだけだった。そんな拙《つたな》いコーラス部なのに、地区の小、中学校の合唱コンクールに臆面もなく出場していた。

そして高校でももちろん音楽クラブ。音楽好きが高じてピアノを習い始めたが、手が小さいのでオクターブを弾くのが大変。手指を広げてやっと届く程度なのでなかなか上達しなかったが、簡単な伴奏くらいは弾けるようになった。

高校卒業と同時に、簡単なテストと身体検査、面接だけで小学校の助教諭になった。ここでも歌って過ごせる環境がうれしかった。

三十四歳で結婚、婚家の意向で姑に振り回されながら暮らし、四十歳で出産。四十一歳で姑を黄泉に送り、育児に専念した。娘が小学校に入るのを機に、PTAのコーラス部に入り、現在に続いている。発声の小川先生の訓練は、ヨガやストレッチなどの要素を取り入れた体づくりともいえる発声法で健康にも良いと、家でも呼吸の仕方などを就寝前にやっている。

平成十八年に初美が生まれ、おばあちゃんになった。そのころは、初美のパパ、ママと、おじいちゃん、おばあちゃんが同居していたので、おばあちゃんは大忙しだった。まして、ママが八月の暑い最中に運転免許取得に自動車学校に通いだした。生後三カ月の初美を預かったおばあちゃんは大変だった。幸い初美は元気であまり手のかからない子だったが、お腹が空くと耳をつんざくような大声で泣く。授乳の時間には早いので少しでも時間を延ばそうと、発声練習にもなると思い薄くて高い声で子守唄を歌いだしたら、ピタッと泣き止んで表情が穏やかになった。その驚くほどの可愛さに、表情を維持したくて国内外の子守唄を次々に歌った。

歌をやめると途端にギヤアと泣き始める。もう授乳させるより仕方がないなと、ミルクを作って飲ませた。

こんなことが何度もあり、その度に見せる初美の素敵な表情におばあちゃんは感動をした。

初美は目を輝かせて聞き入っていた。自分の赤ちゃん当時の話には、ことに関心があるらしい。

受難の月

松坂屋美術館で、アルフォンス・ミュシャの展覧会が開催されていた。おばあちゃんは、入館料を払ってでも観に行きたいと思っていたが、フリーペーパーのプレゼントコーナーに〈ミュシャの招待券ペア〉というのがあったので応募したら、何と運よく当選して招待券が二枚郵送されてきた。おばあちゃんは大喜び。だが待てよ、誰と行こうかと考えた末、気心の知れた「文芸きなり」の同人の鈴木さんに連絡を取ったら、二つ返事で一緒に行ってくれることになった。二月九日の例会の前に開館と同時に入館し、終わったら昼食をして出席しようと話がまとまった。

当日、招待券を手にしてわくわくしながら少し早めに松坂屋の入り口で待っていた。やがて鈴木さんも来たので開店と同時にエレベーターで美術館の階で降り入場した。ゆっくり鑑賞して回り、最後の部屋を出ようとしたとき、おばあちゃんの携帯電話が鳴った。こんな時間に誰だろう？　何となく嫌な気分で電話に出ると、

「もしもし、表山小学校五年一組担任の〇〇です。初美ちゃんが三十八度七分の熱で今保健室で寝ています。お迎えに来てください」

電話の声におばあちゃんは慌てたが、ここからでは時間がかかる。

「すみません。今、出先なので十二時ごろしか伺えないと思うので、それまでよろしくお願いいたします」

電話を切って鈴木さんに事情を話し、例会の欠席を伝えて急遽学校に駆け付けた。ちょうど十二時ごろに校門に着き保健室に行った。中に入ると、入り口に近いベッドに男の子が寝ている。奥を見るとカーテンの隙間に見えるベッドに初美がいた。

初美はおばあちゃんを見つけると、起き上がってランドセルを背負って出てきた。高熱なのに意外な元気さに驚いたが、ちょっと安心もした。

先生にお礼を言い、タクシーを呼んで家に帰った。

〈インフルエンザに罹ったのかな〉と思いながら、留守にして冷え切った部屋を暖めて寝かせ、早速かかりつけの医院に診察の予約を入れた。

まだ昼ご飯を食べていなかったことに気付いて、何を食べさせようかなと考えていると、

「私はパスタが食べたいから、いつものようにカルボナーラをお願いね」

と言うので、パスタを茹でてレトルトのカルボナーラを温めて食卓に出すと、一人前をペロリと平らげ、寝っ転がってテレビを見ている。

おばあちゃんは、昼食の後片付けを済ませると初美を医院に連れていった。診察の結果は、意外にもインフルエンザではなくて、溶連菌感染だった。

「今日は金曜日で、土、日と二日休みがあるから、月曜日には学校に行ってもいいよ。でも、体育は一週間休んだほうがいいからね。なるべく静かにしてようね。お薬を出しますから薬局で貰ってってください」

お礼を言って処方箋を持って隣の薬局で薬を貰って家に帰り、手洗いと嗽をすると安心したのかすぐ寝入ってしまった。思ったより元気な初美の様子に、おばあちゃんは夕食の準備に取りかかった。消化の良さそうな物であれば普通の食事で大丈夫だと、野菜と豚肉を炒め、味噌汁と野菜サラダを作った。

夕方目覚めた初美は、元気そうに起きてきた。熱はまだ三十八度あるが相変わらず食欲旺盛で夕食をしっかり食べて、迎えに来たママと帰って行った。

体育の授業を休んだ退屈な一週間が過ぎた。月曜日からは友だちと走り回れる学校生活に戻れると思ったのに、二月十六日の金曜日ごろから、身体のあちこちに赤い小さな発疹が出てきた。

月曜日の朝、いつもの医院で診てもらうと、

「溶連菌のせいで発疹が出ることがあります。飲み薬と痒いときに塗る薬を出しましょう。今日は一日休んで明日から学校に行ってもいいですよ」

との診断を受けた。お礼を言いながら、おばあちゃんは今日一日で初美の看病から解放されると思うと、気持ちが軽くなった。


二月二十日の火曜日。おばあちゃんは予約してあった整体院へ朝から出かけていた。もうすぐ治療が終わるというときに電話が鳴った。不審に思って出てみると、また初美の学校からだった。

「初美ちゃんが三十八度五分の熱があって保健室で寝ています。お迎えをお願いします」

「はい？　わかりました」

返事もそこそこにタクシーを拾って学校へ直行した。保健室に入ると、ベッドに発疹と高熱で赤い顔をした初美がいた。

何ということ！　昨日で病気は終わりと思ったのに。

見るからに苦しそうな初美を連れて、先生にお礼を言い、待たせてあったタクシーに乗せて医院に向かった。

待合室で待っている間も辛いのか、ソファーで横になってぐったりしている。でも、名

前を呼ばれて診察室へ移動するときには、おばあちゃんを気遣って重いランドセルは持っていってくれた。

医師は丁寧な診察を終えると、

「今度はインフルエンザB型です。金曜日まで学校は休んでください。二十六日の月曜日に最終チェックをしますから、九時に来てください。お大事に！」

優しく真面目な態度に感謝しながら、待合室でぐったりしている初美のためにタクシーを呼んで帰った。

暖めた部屋でお茶を飲ませて休ませた。横になると赤い顔のまま、ぐっすり寝てしまった。

夕方になって目覚めると、少しすっきりした顔になっていた。だが熱はまだ三十八度ある。それでもトイレに行ってから水を飲むと寝転んでテレビを見始めた。

「初ちゃん！　夕ご飯はどうしようか。食べたいもの作るから言って」

おばあちゃんが声をかけると、元気な声で、

「ママが買ってきてくれた白がゆに、塩昆布をのせて食べたいから、パックの白がゆを温めて！」

こんなに熱があるのに食欲があるなんて頼もしい、とおばあちゃんは早速おかゆのパックを温めて茶碗に移し、塩昆布に野菜サラダにハムを添えて食卓に並べた。

起き上がってきた初美は、昼間の辛そうな様子はどこへ行ったかと思えるような食べっぷりで、おかゆもサラダもハムも完食した。おばあちゃんは、びっくりするやらうれしいやら。こんなに食べれば回復も早いだろう。でも、決められた日数は休まなければならないから、退屈な日を過ごす初美を思うと可哀想だが、仕方がない。

二月二十一日の水曜日はパパが休みを取って、初美の面倒をみた。木曜日にはママが休みを取って退屈している初美の相手をした。

金曜日は、おばあちゃんの家で一日を過ごした。テレビを見たり、本を読んだり、ちょっと勉強をしたり、ゲームをしたり、昼寝をしたりで、長い一日が終わると夕方ママが迎えにきた。

「おばあちゃん、ありがとう。今回はすっかりお世話をかけちゃって、助かったわ。あと一回、二十六日の最終チェックにお医者さんに連れてってくださいね。お願いします」

ママがすまなそうに言う。

「いいよ！　そのつもりだから。心配いらないよ。朝、初ちゃんを連れてきてくれればいいからね」

おばあちゃんは快く答える。

最終チェックの結果は、溶連菌もインフルエンザも陰性だった。二人は大喜びをした。

すっかり元気になった初美の笑顔に、パパもママも心配がなくなり、いつもの穏やかな生活が戻った。

おばあちゃんは、まだまだ家族の役に立ちたいと思っている。

言葉

六年生になった初美は、反抗期の入り口に差しかかったらしい。些細なことに反発したり、憎まれ口をたたいたり、頼み事をしても返事ばかりで、すぐに動かなかったりで、おばあちゃんは苛々することが多くなってきた。

夏休みの前の水曜日、いつものように友だちと遊ぶ約束をしてきた。宿題や塾の勉強があるから帰りの時間をしっかり確認して、小さなリュックサックに水筒とお菓子、お子様携帯を入れて、約束した待ち合わせの場所に向かって素っ飛んで行った。

おばあちゃんは、初美がいない間に買い物をして、夕食の下拵えをし、洗濯物を取り込んで、ふと時計を見たらもう四時半だ。〈帰る時間だ！〉と子ども携帯を呼び出すが応答がない。遊びに夢中になっているのだろうか。五分ほど過ぎてからもう一度、と思っていたらおばあちゃんの携帯が鳴った。初美からだ。

「五時半まで遊んできてもいいでしょう！」

「何言ってるの！　今日はやることがあるから四時半に帰ると決めたんでしょ。ちゃんと守って帰ってきなさい」

「あっ！　そうだった。じゃあ、今から帰るね」

今から帰ると言っても、家に帰り着くまでにどれほどの時間がかかるのか……。

いつものことだが、集合場所で友だちと顔を合わせてから行き先を決めるようなので、どこで遊んでいるのかわからない。でも、予想できるのは池見公園だ。

我が家は八事表山学区の西北の外れ、池見公園は隣の八事東学区の外れだ。急いで歩いても三十分はかかるだろう。友だちと喋りながら来ればもっと遅くなる。予定通り宿題ができるかどうか心配だ。

そうだ！　先週も池見公園で水遊びをしたと言って、靴も靴下も濡らして帰ってきた。今日も水遊びをしてきたら大変だ、と玄関に雑巾をだしておいたら、予感は的中した。

早速靴下を脱がせて足をきれいに拭かせた。ズボンも湿っぽいので着替えさせようとしたら、どうやらショーツもアンダーシャツも、全身が湿っぽい感じだ。

風呂場で下着から全部着替えさせ、さっぱりしたところで宿題に取りかかった。

おばあちゃんは一息して、下拵えをしておいた食材を炒めたり、サラダを盛りつけたりしていると、初美は勉強が早く終わったらしく、テレビを見始めた。

「初ちゃん、机の上片付けたの」

「まだだよ！」

「早く片付けて、ちょっと手伝ってくれないかなあ」

「ふうん。わかった」

「終わったら初ちゃんの好きな胡瓜を切ってくれないかな。自分で切ったのを食べると、余計に美味しいよ」

おばあちゃんに言われて、

「切ってもいいよ」

気が向かなそうだが、手を洗って俎板の上で胡瓜を切り始めた。ところが、左利きのママが包丁を使うのを見ているせいか、胡瓜を置く向きが反対で、おばあちゃんは危なっかしくて見ていられない。

「胡瓜の向きを反対にしたら、上手く切れるんじゃない」

そこで初美は胡瓜を反対向きに置いて切り始めた。

「ほんとだ！　この方が早く切れるわ」

喜んで切り終わると、塩を振って味見をする。

「丁度いい加減の塩味になったから、ガラスのボールに入れるね」

初美は嫌がりもしないで手伝ってくれた。

「初ちゃん！　この前、ママが包丁を使うのが苦手だと言ってたでしょう。おばあちゃんは小学校三年生のときにお母さんが死んじゃったから、苦手だとか、嫌だとか言っていられなかったよ。何でもやらなければいけなかったんだよ」

「そう……。だから私が困らないように、やらせてくれたんだね……」

呟くように初美が言った。

「やらせてくれたんだ」と、感謝と謙虚さが含まれた気持ちの良い言葉遣いに、心の成長の裏付けを感じ、おばあちゃんはうれしかった。

リモコン

初美は学校から帰ってくると、まず手洗いと嗽をする。それからおやつを食べながらテレビを観るのだが、その日、リモコンを操作しながら呟いていた。

「ああ、駄目だ！　チャンネルが替わらない。駄目だ」

「どれどれ、本当だ。チャンネルの切り替えもできないし、電源を切ることもできないね。どうしよう」

おばあちゃんは困ってしまった。すると、

「おばあちゃん大丈夫！　電池切れだと思うから新しいのと取り換えれば元通りになるよ。電池ある？」

初美の声が弾んだ。

「単3ならあると思うけど…。リモコンの蓋開けてみて」

「単3二個だよ。あっ！　丁度一個あった。入れ換えてあげるから、おばあちゃんは食事の用意しとって」

おばあちゃんは気になりながらもキッチンに立った。しばらくすると、

「おばあちゃん！　動くようになったよ。私の言った通り、ちゃんと元通りになったから」

初美が大声で叫んでいる。

「すごいね。初ちゃん、ありがとう」

孫の行動力に恐れ入る。日常の中で助けてくれたり、困らせてくれたり、笑わせてくれたりで、彼女がいるだけで生活に変化があって、毎日が生き生きと過ぎて行く。

こんなに素晴らしい初美だが、学校の成績はいまいちで、クラスの中ほどでアップアッ

プしている。中学校は公立に行くと言っているが、高等学校はどうなるのだろう。
おばあちゃんが心配してもどうにもならないが、やっぱり今から心配してしまう。

台風

九月四日（火曜日）に、猛烈な台風二十一号が東海地方に接近するというので、おばあちゃんは前日に植木鉢を安全な場所に移動させたり、二階のシャッター雨戸を下ろしたり、食料を買い込んだりして準備万端整えたつもりで床に就いた。

四日朝、目落としはないかと家の周囲をひと回りしてみる。牛乳箱は飛ばされそうだと気付き玄関に取り入れ、巻き取り式のホースも飛ばされないにしても風に押されて移動しそうだ。これも玄関に取り込んだ。一階のシャッターもリビング以外の部屋は下ろしておいた。

これで大丈夫、とリビングでお茶を飲んでいたら、初美がパパに連れられてやってきた。

「おばあちゃん、おはよう」

初美の元気な挨拶に続いて、

「おはようございます。今日は朝から暴風雨警報が発令されて学校は休みです。この分では警報は解除されるとは思えませんので、初美を一日お願いします」

パパがすまなさそうに言う。

「おはようございます。私もそのつもりでいたから大丈夫だよ。夕飯はここで食べられるようにしておくからね。風が強いから、気を付けて行ってらっしゃい」

その日、パパは自動車で出勤して行った。パパの車が見えなくなると初美はおばあちゃんの側に近寄ってきた。

「今朝は早く起きちゃったから、少し眠らせて。おばあちゃんのお布団借りるね」

勝手に仏間の押し入れから布団を出して、寝てしまった。仕方がないので、おばあちゃんは朝食の後片付けと掃除をし終わってほっとひと息した。時計を見るともう十時を過ぎている。

「初ちゃん！　もう十時過ぎちゃったよ。起きてよ！」

声をかけるがふにゃふにゃとしてなかなか目覚めない。手をつかんで引っ張たらようやく起き上がった。トイレに行き、手洗いと嗽をして、お菓子をちょっとつまんでから、やっと勉強に取りかかった。

次第に風が強くなってきそうなので、リビングのシャッターも下ろした。少し静かになったところで初美の勉強がひと区切りついたので昼食にした。ひと休みでテレビをつけると、どのチャンネルも台風情報で大きな被害が出ているらしい。勉強の続きが終わったら三時を過ぎた。真昼なのに、小窓に映る外は夕暮れのような薄暗さだ。

時間が経つにつれて風雨が強まるようで、ザー、ガー、ゴォー、ガガガ、グォーと物凄い音だ。その音を聞いておばあちゃんは伊勢湾台風を思い出した。ほんの数時間で愛知県だけで、死者、行方不明合わせて三千二百六十人を出した大災害だった。大変だったなあ、と思い出にふけっていたら、シャッターに何かが当たる音がする。がつん、どすん、ごん、ばしゃ、という音に、

「シャッターを下ろして良かったね」

初美と話していると、パパが帰ってきた。

「お帰りなさい！　早かったね」

「風で帰れなくなるといかんから、皆早く帰れたんです」

「そう、安心したわ。それじゃあ早めに夕飯にしようか。初ちゃん、いつものように手伝ってね」

初美は手を洗って机の上を布巾で拭き、食べ物を並べてくれる。

「さっきママから電話があって、八時まで会社にいなきゃいけないんだって。弁当が出るから夕食はいらないそうよ」

おばあちゃんの話に、初美は食べ物を並べながら、

「ママも大変だね。こんなときに忙しいんだから。はい、全部運んだから食べ始めていい？」

「いいよ。パパもどうぞ」

三人で夕食の席についた。パパは何でも美味しいと言って食べてくれるが、初美は野菜をあまり食べないのが気になる。食事の後片付けが済んでしばらくすると、風の音がほんの少し弱まった気がする。おばあちゃんが、

「峠は越したようだね。風はまだ強いけど、シャッターに何かがぶつかる音が少なくなったみたい」

その言葉をきっかけに、

「ご馳走様でした。僕らはこれで帰ります。ありがとうございました」

「おばあちゃん！　バイバイ」

二人が帰ったころから雷が鳴りだした。雷嫌いのママには気の毒だが仕方がない。おばあちゃんは風呂に入って、消灯をした真っ暗な仏間で早々に寝てしまった。

真っ暗な中で目覚めたおばあちゃん。明かりをつけて時計を見ると五時。

〈駐車場がきっと落ち葉だらけだろうな〉と思いながらリビングのシャッターを開けた。

「ギャー！　ひどい」

朝陽で輝く光の中は、葉っぱの絨毯なんて、生易しい状況ではない。そこには枝葉の海の中に車が浮いていた。一瞬ぎゃふんとなったおばあちゃん。だがすぐに、むくむくっと闘志が湧いてきた。

「よし、ゆっくりでいいから全部片付けるぞ」

自分に言い聞かせた。先ずは家中のシャッターを開けて簡単に掃除を済ませて汗を拭いていると、

「凄いですね……」

パパが歩いて来た。

「おはようございます。あれ！　車は？」

「こんなひどいところに止められないから、隣の駐車場の空いている場所にちょっと止めさせてもらっています。自分の車だけでも止められるようにします」

早速、箒と塵取りと大きいごみ袋を出してきた。

「すみません、軍手ってないですか」

「あるある、ちょっと待ってね」

パパは皮膚が弱くて、すぐにかぶれるんだったと思いながら、非常持ち出し袋の中から軍手を引っ張り出して渡した。おばあちゃんは玄関まわりと階段を掃き、パパは自分の車を止める場所とその周辺をざっと掃き、自分の車を入れてから、いつものように最寄りの

駅から地下鉄で出勤していった。

駐車場一台分と玄関まわりと階段だけで四五リットルの大袋にぎゅうぎゅう詰めでいっぱいになってしまった。残りは、車四台分と道路、ゴミ置き場のまわりがあるが、何日かかって片付くのだろう。考えただけでげんなりした。汗を拭いて水分補給、ゆったり休んでからまた作業を始めることにした。一・五メートルほどの枝が折れて落ちている。大量の枝葉は手掴みで枝を折りながら袋に詰め込む。三袋詰め込んでも全然片付いた感じがしない。汗びっしょりでもう限界だ。

部屋に戻り汗を拭き、Tシャツを着替えてエアコンの効いたリビングでお茶を飲んで、何気なく時計に目を遣ると十二時を回っている。あり合わせで昼食を済ませ、一時間ほどの休憩を取ってまた駐車場に下りて先の見えない作業を繰り返した。ぎゅうぎゅう詰めの大袋が五つ、水を含んだ葉の重いこと。よいしょ、よいしょと持ち上げて、ゴミ置き場周辺の空き地に運んだ。汗でぐっしょりのTシャツを着替えて、ここでまた一休みでボーっとしていたら、ピンポン！　とインターホンが鳴った。玄関に、学校から帰った初美がいた。

「ただいまー、すごいね」

あまりの凄まじさに驚いたらしい。

「おかえり。ママが『初ちゃんにも掃除を手伝わせて』って言ってたよ。お願いするね」

「えっ、そんなの聞いてないよ。友だちと約束してきちゃったから遊びに行くよ。ごめんね」

おばあちゃんの返事も待たずに、携帯電話と水筒を持って飛び出して行った。初めっから当てにはしていなかったけれど、ちょっとがっかりだ。

今日の作業はこれで終わりにしよう。初美も早く帰ると言って出かけたし、昨夜遅くまで職場で頑張ったママも早く帰れるだろう。三人揃ったら夕飯にしようと、おばあちゃんは料理に専念した。期待通り、初美は早く帰ってきて食事の用意を手伝ってくれた。

「おばあちゃん、ママなかなか帰ってこないから先に食べようよ。パパと二人分のおかず持ってけばいいから」

「そうしようか。それじゃあ机の上をきれいにして」

初美は手早く片付けて食べ物を運んだ。二人で夕食を済ませると、おばあちゃんはタッパーに二人分のおかずと果物を詰めて、持ち帰れるようにした。八時過ぎにママが帰ってきた。

「葉っぱ、まだ山ほどあるね。大変だね。手伝えなくてごめん。それじゃあ、これ貰って帰るよ。ありがとう」

初美とママが帰った。おばあちゃんは後片付けをして入浴をした。全身にまみれた汗を流すと、生き返ったようだ。すっきりした気持ちで床に就いた。

翌朝も、また五時に目覚めた。

〈さあ、今日も頑張るぞ〉と、深呼吸をして駐車場への階段を下りた。朝のうちに二袋を詰め込み、朝食を摂って小休止。汗が引いたところでまた始めた。太い枝は階段に片端をのせて足で踏んづけて折った。次々と枝葉を袋に詰めても、詰めても詰めてもなくならない。ついにぎゅう詰めの大袋が十個になった。駐車場全体は元のようにすっきりしないけれど、何とか片付いた。

ちょうど可燃ごみの収集日で、車の来る前に出し終えることができて、本当に良かった。

作業が済んでふと、ママから電話があったのを思い出した。朝ご飯を食べようとしていたときだった。

「テレビに映っているけど、北海道で大きな地震があったの。慌ててお見舞いの電話しないでよ」

「そうなの。テレビなんか見てないし、そんな暇ないよ」

そっけない返事をした。

「それならいいけど、皆無事だから心配しないでって言ってたからね」

そんな内容だった。急いでテレビをつけると、大地震の悲惨な被害状況が映っていて驚いた。大きな山崩れのあった辺りは、パパの実家に行く途中らしい。

初美と北海道の大《おお》おじいちゃんの法事に行った日のことが思い出される。次に初美と一緒にパパの実家を訪問できる日は、いつになるだろうか。日々に成長を見せる初美も、来春には中学生だ。

II

喜怒哀楽
――戦争前後のくらし

幸せな日々

私は昭和八年（一九三三年）二月十七日雪の降る日に産まれた。穏やかな性質の両親のお陰で、ゆったり、のんびりと育てられた。年子で弟が産まれ、十二年に妹が産まれ、十四年に次男が産まれた。

家は瀬戸電の社宮司駅（今はない）の前にあった。父は毎日のように明治屋、松坂屋、丸善、日本楽器等へ出掛けて、ビスケット、チョコレート、ウェハース、パイナップルの缶詰、桃の缶詰、ホワイトアスパラの缶詰、鯖缶、コーンビーフ缶な等を買って帰り、丸善や日本楽器に行った時には珍しい外国の絵本とか、国内の作家の新刊書を買ってきたり、レコードを買ってきたりと、今では考えられない贅沢な暮らしをしていたが、幼い子どものことだからそれが普通だったと思っていた。

どれでも近所の子どもが駄菓子屋に行って、一銭玉を握って店のおばさんに、

「一銭ちょう」

と一銭分のお菓子を買うのを見て、お金を持たせてもらったことがなかった私は、「一銭

ちょう」がやりたくて親に頼んで一銭玉を握って初めて買い物をした。

十四年私が学齢に達すると父は私を良い学校に入れたいと、市内でも評判の良い中区の昔の藩校明倫堂の跡地に建つ明倫小学校（後に国民学校）に越境入学させた。他にも越境入学した子が何人もいた。

学校へは瀬戸電で社宮司、尼ヶ坂、清水、土居下、東大手、大津町、本町と六つ目で降りる。東大手の急なカーブから先はお堀の中を行く。大津町に着くと官公庁に勤める人達が降りるので電車はがら空きになる。次の本町が明倫小学校に近い駅なので電車を降りて坂道を上がった広場に売店があり、時間が来るまで広場で遊んで、時間になると並んで登校する。

途中、那古野神社と東照宮の境内を通り抜けて道に出ると向かい側に明倫小学校があった。

一年生は、赤組、青組、黄組の三組があって、私は青組になった。青組には松坂屋の伊藤洋太郎君、河文の林君、ツノダ自転車の角田君、お父さんが弁護士の梅村さんなどがいた。

仲の良い友達もすぐにできた。席が隣の鋸の目立屋の岸本さん、薪炭屋の仲山さんなど親の職業も様々だった。

一年生の遠足は松坂屋の迎賓館揚輝荘だった。どこをどう見てきたかさっぱり覚えていないが、友達と手をつないでトンネルを通ったことだけは覚えている。遠くに孔雀がいたような、あれは後の幻影だったのか、八十何年か前のことだ。

学校から帰ると、手洗い嗽をしておやつを食べ、父と一緒に復習と予習を済ませてから遊ぶ、おかげで成績はいつも良い方で、樋口さん、仲山さんと私の三人が担任の中根先生の家に招かれて行ったこともあった。

服装もシンプルながら良い物を着ていたし、革靴を履いていたので級の中でも目立つ存在だった。

三年生の二学期までは何事もなく順調に過ぎていった。二学期の終わり頃、景気の良い軍艦マーチが流れ日本は、太平洋戦争に突入した。

突然の不幸

この前後から母の体調が悪くなって、寝たり起きたりの日が続き、父方の祖母と父の妹のきよ叔母が交代で、看病に来ていた。

明けて昭和十七年一月十五日学校から帰ると、

「母ちゃんが明日から清水の黒川病院に入院することになった」

父が顔を曇らせて言った。入院すれば母は治ると私は思い込んで気分が明るくなった。十六日私と弟が学校に行っている間に母は入院した。十七日いつものように私と弟は瀬戸電に乗って学校に行った。電車が清水を通過する時窓から黒川病院が見える。〈あそこに母ちゃんが〉と思いながら電車に揺られていた。

三時間目が始まって間もなく教頭先生が来られて、担任の先生に何か話されていると思ったら、

「森さん、森やすこさん、お母さんが危篤だそうだ。一年生の弟さんと一緒に、すぐ清水の黒川病院に行きなさい」

担任の先生の言葉を聞いた途端に頭の中が真っ白になり、手足が震えた。無意識で持ち物をランドセルに詰め込んで弟の教室に行くと、弟も緊張した顔で待っていた。二人は東照宮と那古野神社の境内を通り抜け、瀬戸電の本町駅まで走りに走った。〈母ちゃん、死なないで!〉心の中で叫び続けて電車に乗り、清水駅で降りて病院へ駆け込んだ。

畳の部屋で寝ている母の顔はこの世のものではなかった。祖母が布団の上から母の足をさすっている姿がぼんやりと目に映ったが、周りの何も見えない。何も聞こえず、夢を見ているようだった。

いつ病院を出たのか、気がつくと末弟をおぶった父方の女子衆のおたまさんと、尼が坂付近の線路沿いの道を家に向かって歩いていた。おたまさんがひっきりなしに話しかけてくるが、一言も返事ができない。ちょっとでも口を開いたら、堰を切ったように大泣きになることがわかっているから歯を食いしばって押し黙って歩いた。

家に帰ると親戚の人たちで広い家の中はごった返していた。それは何か遠い景色で、音のない世界にいるような妙な感覚で、母を探して泣いている末弟の声だけが耳に届いていた。可哀想にと思ったが、何もしてやれなかった。

夜になると「子どもは早く寝なさい」と誰かが言うので床に就いたが、眠れるはずがない。何度も寝がえりをしていたら玄関の方が騒がしくなった。布団から目だけ出して覗いてみると、担架の棒を握って上がってくる祖父の姿が見えた。母ちゃんが帰って来たのだ、と思った瞬間に涙が溢れ出たが、歯を食いしばって声を出さないように泣いた。やがて泣き疲れて眠ってしまったらしい。

十八日は葬儀が行われ、大人たちが忙しそうに動く様子は、夢の中を彷徨《さまよ》っているようだった。

八事の火葬場に向かうタクシーの中で、私はようやく現実に戻された。家もなく周りは木立ばかりの、静かで寂しい所に火葬場がひっそりと建っていた。建物の中に入ると、真ん中が大きな八角形になっていて、その八つの面にそれぞれ鉄の扉があった。母の棺が扉の中に消えるまで手を合わせて見送った。

翌日に骨上げが済んで、ざわついていた親戚の人たちが帰って行くと、家には父と私たち弟妹、父方の年配の女子衆のおすえさんが残った。しばらくはおすえさんが家事一切の面倒をみてくれることになったようだ。

明けて二十日。目を覚ますと頭が痛い。喉も痛い。父も弟二人も妹も熱っぽい顔で咳き込んでいる。家族全員が風邪を引いたようだ。三、四日で家族は快方に向かっていくのに、私は熱が下がらず耳が痛くなった。往診を頼んだ耳鼻咽喉科の医師から、

「中耳炎です。膿がたまっているので、鼓膜に小さい穴を開けて膿が出やすくなるようにしましょう」

と、細長い針のような物でそっと触れられただけなのに、ぎゃっ！ と叫んだ。脳天を突き抜けるような痛みだった。結局翌日から一カ月弱の入院となり、経過観察と薬の交換の入院生活は、母もいなくて悲しかった。

母のことばかり思い出して、持ってきた本も読む気になれず毎日が寂しかった。けれど、なんとか我慢して誕生日の二月十七日に退院することができた。

回復して家に帰ったが、母のいない家は寂しかった。父は怒りっぽくなって、明るさが消えた。

私と弟が学校に行っている間に下の二人の子どもを近所の人に預けて、大須や栄町に出掛けて気を紛らわせていたようだ。何とか子ども達に食べさせることだけで精一杯で、毎日悲しみとの戦いだったようだ。

父がそんな状態なので予習も復習もしない日々が続き成績は急に下がって、下から数える方が早くなり、服装も子ども任せで、いい加減でだらしなくなってきた。

あまりの変わりように担任の先生も困惑されたようだ。忘れ物も多くなり時に先生に、

「取りに行って来なさい」

と言われて電車に乗って取りに行き、帰ってきたら授業が終わっていたこともあった。

そんな乱れた生活をしていても、不思議なことに友達は今までと同じように何人もいて、大騒ぎして遊んでいた時、たまたまお母さんたちがその場に居合わせて、話しているのが聞こえてきた。

「あの子元気で明るいね」

「そうそう親のいない子には思えないね」

私が聞き耳を立てているのも知らずに話していたようだ。明るいことは良いことだと、悲しみを、あっちに追いやってつとめて明るく振る舞うようにした。

新しい生活

　昭和十九年三月に、名古屋から一宮市の父の実家に引っ越した。祖母と叔父、叔母といとこ三人と父の妹の、きよ叔母の七人家族の中に、我が家の父と子どもの五人が加わり、十二人の大家族となった。生活に必要な物だけ荷を解いて、沢山あった本やレコードは新聞紙に包んで紐でしばり、二階の納戸に入れたままになっていた。

　四月から一宮市立第四国民学校の、私は六年生に、弟は四年生に、妹は一年生にそれぞれ入学、編入することになり、下の弟は幼稚園に通うことになった。

　朝は同じ町内の分団ごとに集まって登校した。授業中に警戒警報のサイレンが鳴ると、運動場に出て分団ごとに整列し、急いで家に帰るのだ。高学年の者は一年生の子の手を引いたり、背負ったりして、一刻も早く家に送り届けなければと必死に走った。

　警戒警報が解除になるまでは、自宅待機だ。近所の子どもが我が家の門の中の広場に集まってきて、わいわい、がやがやと、砂埃を立てて走り回って遊んでいたが、家の者は誰も文句を言わなかった。そればかりか、泣き声が聞こえたりすると、祖母が出て行って〈どうしやあた、仲良う遊ばないかんよ〉と宥《なだ》めたり、乱暴なことをしているのを見ると〈そんなひどいことしていかんがね。謝りゃあせんか〉と叱ったりしていた。

そんな状況も、ひとたび空襲警報のサイレンが鳴ると、潮が引くように子どもたちは家に帰り、防空壕に避難し、辺りは人気がなく、しいんと静まりかえってしまう。

夜中にもしばしば警報のサイレンが鳴り、枕元の防空頭巾と、身の回りの物を入れたリュックサックを持って防空壕へ飛び込む。十九年には、地震がよくあった。激しい揺れに驚いて起き、防空壕に飛び込む。寝呆け眼で防空頭巾と枕を間違えて飛び出し、被ろうとしてやっと気付き、皆に笑われたことも何度かあった。

十二月のある日友達が二人「森さん遊ぼ」と門の前で呼んでいた。「お便所に行ってくるから、待っとって」と家の中にある便所を通り越して、裏庭の土蔵の横の便所に入った。用を足し終わる寸前に、激しい地震が来た。しゃがんでいることさえできずに、便所の壁に手をついて、用を足し終え庭に飛び出すと、祖母が這うようにして大きな松の木の下に行きながら、大声で皆を呼んでいる。「はよ、はよ、みんなこっちにいりゃあ、転ばんように気いつけて、はよはよ」。皆よろけながら祖母の回りに寄り集まった。庭に置いてある睡蓮の浮かんだ大きな水瓶の水が、ざぶんざぶんと揺れて水が溢れ出していた。

どれくらいの時間揺れていたのか、長いような短いような時間が過ぎ、静かになった。

祖母が辺りを見回し、「おそがかったなあ、みんなどうもなかったきゃあ」と聞いた。皆、黙ったまま頷いた。

その時になって、私は友達のことを思い出し、走って門の所に行ったが、二人の姿はなかった。


国民学校では、警報の合い間に勉強するような日々だったが、それでも進学のための補習授業は行われていた。

父は子どもの進路について、何も言わなかった。勉強嫌いの私は、担任との面接のとき〈高等科に行きます。勉強する気になったら、それから女学校の試験を受けるつもりです〉と言ったことを覚えている。

時々は放課後の補習授業の中にもぐり込んで、一緒に勉強した。たまたま得意な教科の授業だったりすると、「なんだ、この程度だったら私だって」と進学組に入らなかったことを悔やんだり、苦手な教科の授業にもぐり込んで、「やっぱり進学組に入らなくて良かった」と思ったり、この時期心は揺れっ放しだった。

年が明けて昭和二十年一月、寒い日があった。雪が積もり、冷たい空気がキーンと張りつめていた。

一年生の従妹と妹が、冷たさにべそをかきながら、相次いで帰って来た。祖母や叔母が靴下を脱がせ、手足をさすって、こたつに入れてやっていた。

空襲警報や地震や、寒さに悩まされていたのに、春はちゃんと来てくれた。

三月、警報の合い間を見計らったように、一宮市立第四国民学校の卒業式は行われ、私は卒業証書を手にすることができた。

学徒動員

第四国民学校には高等科がなかったので、一宮の西の方にある、第二国民学校高等科に行くことになった。

第二国民学校に行ってからは、勉強した記憶が全然ない。月曜日から金曜日までは、軍需工場に行って、簡単な作業をする日が続いた。

この工場の人たちは、皆優しく、仲良く働いていた。お昼になると皆一緒に給食を食べた。物のないとき、賄いのおばさんが工夫して、美味しく調理してくれた食事をとることができた。食事の後は中庭に出て、一時になるまでドッヂボールをした。あの頃の私たちはまだまだ子どもだった。きゃーきゃー、わぁーわぁー大さわぎだった。

一週間に一度、土曜日は学校に出たが、勉強をした記憶はない。この時期、男性は皆戦争に狩り出され、残っているのは年寄りと、子どもと、病人だけだった。という訳で私たちの担任も、結核で肋骨の切除手術をされたという顔色の悪い痩せた男性だった。

裁縫室の畳の上に、仰向けに寝て腹式呼吸を教えてもらったり、先生の話を聞くだけで、土曜日の半日は過ぎた。

不安な時代だったが、この工場での温かい環境は、私にとって忘れられない体験だった。だが戦況が悪化するにつれて、工場のおじさんたちも、一人、二人と出征し、全部の生徒の面倒は見られないというので、生徒の半数はこの工場に残り、半数は他の工場に移ることになった。


土曜日に学校に行くと、担任から話があった。

「みんな、もう知っていると思うが、今の工場の工場長や工員の方たちが出征されて、人手が足りなくなり、あなたたち全員の面倒を見ることが難しくなった。それで半分はこの工場に残り、半分は朝日工場に異動してもらうことになりました」

皆、思わず声を出した。

「みんなと別れたくない」「知らない工場に行きたくない」「本多のおじさんと別れたくな

い」「石黒さんと一緒にいたい」

「みんな静かにして。今の工場の人たちは本当にあなたたちによくしてくださるから、先生も『できることなら、みんな一緒に働かせてやってください』と頼んだが、どうしても無理ということだった。今は非常時だから朝日工場に移ることになっても、我慢して頑張ってください」

皆、不安気に顔を見合わせて黙りこんだ。

「来週の月曜日は今の工場に行き、午前中は今まで通りの作業をしてもらいます。昼食が済んだら残る人は作業を続けてください。異動になる人は先生と一緒に、朝日工場に行きます」

「もう来週から行くの」「行きたくないね」「誰が異動になるんだろう」「残りたいね」

「静かに。月曜日は朝日工場に行っても、見学と仕事の説明で終わると思いますから、早く帰れるでしょう。本当に仕事をするのは、火曜日からになります」

皆、気分が落ち込んで黙ってしまい、担任が非常時の生活について話したようだが、上の空で聞いていた。

「それでは今日はこれで終わります」

という担任の声で我に返り、「さよなら、さよなら」と帰途に就く。「先生、何を話した？」「非常時がなんとか」「身の回りの物だなんとか」「わからん、わからん」「工場を替わることで頭がいっぱいだったもん、何もわからん」「いやだなあ、今度の工場どんな所だろう」

落ち着かない日曜日を過ごし、不安な気持ちのまま月曜日は工場に行き、いつも通り作業をした。賄いのおばさんの心尽くしの昼食も、沈んだ気持ちで食べた。

食事の後片付けが済むと、担任と工場の人が食堂に入って来た。まず担任が話し始めた。

「これから異動する人と残る人を決めます。どうやって決めるか先生も悩みましたが、今腰掛けている席のまま真ん中から右と左に分かれてください。右側になった人の中から三人、左側になった人の中から三人、前に出てじゃんけんをして、二人勝った方がこの工場に残り、負けた方が異動することにします」

「ちょうど半分ずつに分かれましたね。それでは代表を三人出してください」

「あんたやって」「何言っとるの、あんたこそやって」「負けたら皆に恨まれるでいやだ」と、なかなか決まらない。

「どっちの工場に決まっても、お国のために働くことに変わりはないのだから早く決めて、朝日工場の方でも皆のことを待っておられる」

皆に押されるように三人ずつが、しぶしぶ前に出て真剣な顔でじゃんけんに臨んだ。

「じゃんけんぽん、じゃんけんぽん、じゃんけんぽん」

皆の必死な声が食堂に響いた。結果は右側が勝ち、左側が負けた。私は左側にいたので異動組になった。

「イーッ」声にならない声が洩れた。残る者も異動するものも互いに手を取り合って、泣き声をあげることさえ我慢しなければならないように、歯を食いしばり、声を殺して泣いた。しばらくは異様な静寂のときが流れた。担任も工場の人も容易に声をかけられなかったらしい。

ややあって担任が、

「せっかく仲良くなった友達や、親切にしてもらった工場の方たちと別れるのが辛いのはわかるが、朝日工場の方でも皆を待っておられるから、忘れ物がないか確かめて。工場の方から皆にお話しがあるそうだ。起立、礼」

「着席してください。四月から皆さんが来てくださるようになって、工場の中も明るくなり、昼休みには元気にドッジボールをしたり仲良く話し合ったり、皆さんのお陰で私たちも勇気づけられました。残ってくださる人たちも朝日工場に行かれる人たちも、明るさと元気を失わないように頑張ってください。終わり」

「起立、礼。それでは朝日工場の方へ行きます。残る人は工場の方たちに迷惑をかけないように」

工場を出ようとすると、出入り口に工場の人たち全員が、集まって見送ってくれた。

また涙が溢れる。賄いのおばさんもエプロンで目を押さえていた。皆かすれた声で「さよなら、さよなら」と手を振って工場を出た。顔をくしゃくしゃにして、黙って担任の後についいて歩いた。

五分も歩くと家並みが途切れ、道の両側には野菜畑が広がって、夏の明るい日差しに野菜の緑が眩しかった。

「皆さん、向こうに木立が見えますね。あの下に朝日工場があります。大きな屋根が見えるでしょう。もうすぐだから急ぎましょう」

「はい」

いつもは、少しの暇にもぺちゃくちゃとおしゃべりする私たちだが、この日ばかりは話す気力もなく、黙々と担任の後についいて歩いた。

ほどなく着いた朝日工場は、前の工場に比べると、三倍ぐらいは大きそうな紡績工場だった。

はじめに工場横の事務所に入った。担任と私たち七名が入ると窮屈だった。

担任が「よろしくお願いします」と挨拶をすると、工場長が皆を見回して話し始めた。

「皆さんよく来てくれました。朝日工場ではいままであなた方がしてきた仕事とは違う仕事をしてもらいます。やさしい仕事ですからすぐ覚えられるでしょう。今日は工場の見学と、仕事の実習をしてもらうことだけです。それでは工場に行きますから、私についてきてください」

隣の工場に入ると、たくさんの機械が何列も並び、上のほうから糸が下がり、下にある棒のような糸巻きにどんどん糸が巻き取られていく。その機械の間を数人の女の人が行ったり来たりしながら、時々立ち止まって何かしている。辺りを見回すと天井からは綿埃が垂れ下がり、壁は埃で真っ白だった。

工場長は、きびきびと動いている一人の女性を手招きして言った。

「浅野さん、お願いします」

「はい」

打ち合わせてあったらしく、女性はさっと皆の方にやって来た。

「こちらは浅野さんです。皆さんのお世話をすることになっています。今日は仕事のやり方を教えてもらってください。仕事以外でもわからないことや困ったことがあったら、浅野さんに聞いてください。それでは浅野さんよろしくお願いします」

と工場長は出ていった。

「浅野です。これからは一緒に仲良くお仕事をしていきましょう。それでは機械のそばに寄って、まだ手を出さないで私の言うことをよく聞いてください」

皆、緊張して機械のそばに寄った。

「はい、こちらの機械は止まっていますね。巻き取っている糸が切れると、機械は自動的に止まります。止まっている機械を見つけたら、そこに行って上と下の糸を結びます」

浅野さんは、皆に五十センチほどの糸を渡した。

「今日はお渡しした糸で、結び方の練習をしてもらいます。機結《はたむす》びと言って、糸の先を揃えて左手の親指と人さし指で、親指の方に二回糸を巻き、糸の先を二回巻いた輪の間に入れて、糸が交差した所を親指で押さえて、手元の糸を引きます。ほら結べたでしょう。皆さんも先ほどお渡しした糸でやってみてください」

皆、真剣に機結びの練習を始めた。

「あ、できた」「できたよ」「何かずるずるしてるみたい」。しいんとしていた工場の中に、若い屈託のない声が溢れた。

「どれどれ上手に結べましたね。でも糸の両端を持ってちょっと引っ張ってみると、あらあら解けてしまったわ、もう少ししっかり結んでね」

「あ、できた。ほらこんなに引っ張っても大丈夫。わっ切れちゃった」

「そんなに無理に引っ張らないで。機械が引っ張る力に負けなければいいんだから」

一通り皆の結び方の指導をした浅野さんは、

「それでは今から三十分間、その糸で機結びの練習をしてください。私はこの裏側の機械の間にいますから、何かあったら呼んでください」

皆、一生懸命に機結びの練習を続けた。「結べた」「解けた」「だめだあ」などと声が洩れる。

時間は長いような短いような早さで過ぎ、再び浅野さんがやって来た。

「皆さん、ご苦労様でした。まだ三十分にはなりませんが、皆さんがどれくらい上手に結べるようになったか、順番に見せてもらいます」

「はい上手に結べました、合格」「次の人、大体いいけど親指で糸をしっかり押さえて、手元の糸を引くといいでしょう。もう一度やって」「はい合格」「次の人、糸の引き方をもう少し強く、もう一度やって」「やり方は間違ってないから、この糸を持って帰って家で練習してください」

結果は、一度で合格した人三人、辛うじて合格だった人二人、不合格だった人二人。二人ともやり方は間違っていないが、結び方が甘いので、家で練習してくるようにと言われた。私も不合格だったので、家に帰っても練習を繰り返し、時間はかかるが何とか結ぶことができるようになり、ほっとした。

火曜日、工場に行くと、昨日不合格だった二人は浅野さんに呼ばれ、もう一度結び方を見てもらった。

「二人とも合格です。頑張りましたね。もう少し早く結べるようになるともっといいですね」

そして仕事の割り振りが決められた。

「牛田さん、あなたはとても早く結べるので、こちらの三台の機械の糸を結んでください。坪内さんと田島さんも上手に結べるから一人一台でお願いします。後の人は二人一組で二台の機械をお願いします。高橋さんと森さんはこっちの二台。木全さんと林さんはこっちの二台。いつも決められた機械を間違えないように、しっかり覚えておいてください」

「はい」

「今から作業をしてもらいます。お昼のベルが鳴ったら、隣の食堂で給食を食べて一時までお休みです。一時から四時まで作業をして解散です。それでは作業を始めてください」

「はい」

話し声一つしない工場の中に、たくさんの機械の音だけが響いている。私も止まった機械を見つけては糸を結んだが何となく自信がなく、時々他の人が結ぶのを横目で見るが、皆、手早く結んでいる。〈私はどうして早くできないのだろう〉と悩みながらも、一生懸命結んだ。

昼食が済んで休みの時間になったが、ドッジボールができるような場所もなく、ボールもないので、工場の裏の木立の中でおしゃべりをしたり、土手に咲いている小さな花を摘んだりして時間を過ごした。

あの頃の一般家庭は汲み取り式の便所だった。我が家もご多分に洩れず汲み取り式だったが、朝顔といわれる便器のある男性用便所、その奥に扉のついた女性用兼大便所があった。そんな便所に慣れた私の目に、工場の便所は違って見えた。

そこは工場の裏口の横のトタン葺きの小さな建物で、三方は囲われているが、入り口は扉もなければ囲いもない。目の前に三十センチほどの溝があり、そこが男性用の便所、その右側に扉が二つ、そこが女性用兼大便所だった。

夏のことなので悪臭は工場の中まで漂ってくるし、ときには便所の縁を蛆虫《うじむし》が這っていることもあった。

ある日のことだった。昼休みに工場裏の涼しい木立の中で、七人がおしゃべりしていたときだった。誰かが頭をカリカリと掻いた。

「あんた頭が痒いの、虱《しらみ》だにきっと」

「虱なんて、うそだあ」

「そういやあ私もこないだから、頭がもぞもぞするような気がしとった」

「ちょっと見たげるわ、あっち向きゃあ」

「虱がおったらいやだなあ」

「虱ってどんな形しとるんだろう」

「虱は見つからなんだけど、髪の毛一本抜くで、痛いかもしれんけど、ごめんね一

「それって何」

「髪の毛に小さい白い粒みたいな物がついとるだろ」

「どこどこ、何この小さい粒は」

「虱の卵。卵があるということは、虱がおるということだよ」

「いやあ、どうしたらええの」

「どうしたらええかわからんけど、ここへ来てからうつったんだに、きっと」

「いやあ気持ち悪い、私も見て」

皆はお互いに、首の後ろの生え際の辺りを調べた。

「ちょっと、ちょっと、この小さい白い虫、これ虱なの」

「そんな小さい虫だったら、探すのえらいこった」

体長二ミリぐらいの虫で、白く透き通った細い体の中心辺りが、ぽつんと薄黒く見える。この頃の日本には、蝿、蚊、蚤《のみ》がどこにでもいたが、虱にお目にかかるのは皆、初めてのことだった。

それからの日々の休憩時間は、裏の木立の中での虱取りの時間になってしまった。

そんな暗いはずの毎日なのに、仕事が終われば楽しくおしゃべりしながら帰途に就くのだった。

ときには途中で空襲警報のサイレンが鳴り、畑の端の小屋に身を潜ませたり、野菜の間にかくれたりした。遠くで爆弾が落ちて地響きがする。空を見渡すと遥か彼方に黒煙が上がっていることもある。

家の土塀の向かい側は、父の実家の借家が並んでいた。西端が小さな印刷屋。ガラス戸の向こうに鉛の活字が並んだ棚が見えた。

その東隣は釣道具屋。いつもきれいにしてある店先のガラスケースに、種類別に入れられた釣り針、浮き、錘、疑似餌などの色や形が面白く、よく遊びに行った。その店の小母さんは、でっぷり太って、煙管《きせる》で煙草を吸っていた。

そして私のことを〈やお様〉と呼ぶのが、子ども心にも奇異な感じがして嫌だったが、釣り道具に惹かれて行った。

後で考えると、周りは皆食べ物がなくて痩せていたのに、あの小母さんだけ太っていた。

その隣が花屋の森さん。一年下の鐘ちゃんが毎月家賃を持ってやって来た。十九年の夏過ぎに赤ちゃんが生まれ、名前は〈安子〉と付けられた。字は違うが同姓同名の赤ちゃんなので、変な気持ちだった。

その隣が河合さん。旧制一宮中学在学中の幸ちゃんがいた。優しいお兄さんで、私は〈幸ちゃん、幸ちゃん〉と呼んで、よく遊びに行った。二階の幸ちゃんの部屋でレコードを聴いたり話をしたりした。彼がかけてくれるレコードは、勇ましい軍歌ではなく、〝フクちゃ

ん と兵隊〟とか〝勝利の日まで〟とかメロディーの優しい曲だった。

十九年の秋頃、幸ちゃんは学徒動員で出征することになった。私は何かお餞別をあげたいと思ったが、これといってあげられるような物もない。そこで私の大切な宝物をあげることにした。ちびた鉛筆をきれいに削り、反対側を玉の形に削った物と、小さい消しゴムをきれいな形に彫った物。それになけなしの小遣い。小さな紙幣の十銭か十五銭を一つの袋に入れて、「お餞別」と言って幸ちゃんにあげた。

幸ちゃんは中の物を出してみて、馬鹿にしたような顔もしない。笑いもしないで真面目に受け取ってくれた。

「ありがとう。だけどお金はいかんよ」

と返してくれた。ちびた鉛筆や消しゴムなんか使い物にならないのに、嫌な顔を見せないで「ありがとう」と言ってくれた。

私は幸ちゃんのことを大人だと思っていたが、よく考えてみたら、せいぜい二、三歳年上の十四歳か十五歳の少年だったのだ。

その隣は、開店休業の旅館の伊藤さん。幼稚園に通っている可愛い姉妹がいた。それから皆にお師匠《しょ》様と呼ばれている粋な格好のお年寄りが同居していた。

その隣は祖母の妹が、分家して住んでいる屋敷だ。そこには五人姉妹の又従姉妹がいた。上の二人は年が離れていたが、三番目のふみちゃんは私より一年上で、四番目のひさちゃんは私より一年下で、よく遊びに行った。

大きいのや小さいのや、とにかくキューピーがたくさんあった。ふみちゃんの家は〈ふたば屋〉という呉服屋で、表通りに店を出していた。店で出てきた端切れの布で、ふみちゃんはキューピーの着物や洋服を作り、屑の毛糸でセーターや帽子を編んで、キューピーに着せた。「お母さんは着物がいいですね」「女の子には毛糸の服を着せてあげましょう」などと言いながら三人でよく遊んだ。

国民学校の友達と、大江川を遡って行った小川で水遊びをしたり、レンゲ畑を転げまわったり、菜の花畑でかくれんぼをしたり、公園に行ったりとよく遊んだ。

もう一つ忘れられないのは、六年生のとき国民学校の合唱大会だ。一宮市内の国民学校が集まって行われた。私も選ばれて低音(アルト)を歌った。『工場だ機械だ鉄だよ音だよ』という出だしの歌と、『水は満々流れは洋々』という出だしの歌の二曲だった。

そしてこの大会で、第四国民学校は二位になって、ちょっぴり鼻が高かったことを覚えている。

ある日学校から帰ると、家の雰囲気が何となくそわそわしている。祖母が、

「やすちゃん、こっち来てみやあ」

と玄関脇の六畳の部屋へ連れて行かれた。部屋の三分の一ほどを占めて大きな雛壇が飾

られていた。

「わあ、すごい」

祖母は笑いながら、

「戦争が激しなって、いつお雛様が飾れるかわからんで、大工さんに無理いって組んでもらったんだわ」

従妹弟たちや、弟、妹、叔母たち皆が雛壇の前に座った。

「何もご馳走はできんけど、このお雛様をよう見といてちょうだい」

叔母が言った。

皆、口には出さなかったが、これがお雛様の見納めと思って、いつまでも雛壇の前に座っていた。

あるときは学校から帰ると、銅の火鉢や鉄瓶、風炉や茶釜が、居間に所狭しと置かれている。

「どうしたの」

祖母に聞くと、

「みんなお国に供出するんだわ。こんな時代だでお茶の道具を使うことないでね」という。

私があれこれ触っていると、祖母が小さな箱を取り出して、

「これはあんたのお母ちゃんのダイヤモンドの指輪だで、よう見ときゃあよ」

と渡してくれた。

〈ダイヤモンドに目が眩みっていうけど、ダイヤモンドはそんなにきれいな物なんだ〉と期待して箱を開け、ケースの中を覗いてみた。〈なんだ、無色透明でガラス玉みたい〉小学生の私にダイヤの値打ちがわかるはずがなかった。ちょっと見ただけでケースのふたを閉め、箱に入れて「はい」と祖母に返した。

いろいろな道具を見ることができて、楽しいようなうれしいような気持ちだったが、これがみんななくなってしまうと思うと、子ども心にも淋しい思いがした。


私が服装や持ち物に無頓着なのを見かねてきよ叔母が、手縫いでワンピースやもんぺを作ってくれた。そのきよ叔母が、灯火管制下に結婚式らしい式もせず嫁いで行った。里帰りのときご主人と一緒に来て、家族のみんなにおみやげを持ってきてくれた。他の人たちが何を貰ったのか知らないが、私は麻布に刺繍をした手提げバッグだった。うれしくて大事にしまっておいた。

それから何カ月も過ぎないのに、きよ叔母が帰って来た。私は大好きなきよ叔母が家にいてくれるのはうれしかったが、なぜだか少し気になった。

学校から帰ると座敷で、大人たちが話している。ちらっと聞こえた「きよ様が悪い訳じゃないですがね」と輝美叔母の声。襖の陰にかくれて聞き耳をたてた。

「持参金がないから、貰ってこいだと、馬鹿にしとる」

父の声。

「お金を積んで貰ってもらうほど、出来の悪い娘だとは思っとらんが、正さ（父 正尚）どう思やあす」

祖母が言葉を返す。

「きよは何でもできるし、気立てもええ、器量も十人並み以上だと思っとる。持参金を持たせて戻すことはない」

「わたしもそう思うが、きよさはどう思やあす」

父と祖母の会話は尽きない。

「わたしはこの家に置いてもらえるなら、帰ってきたいと思っとるけど。義姉《ねえ》様、わたしが帰ってきてもええかしら」

「きよ様、遠慮することないから、帰ってきて。きよ様と一緒だと家事も楽しいし捗るわ」

叔母が言う。

「これで決まった。きよ、戻ることないぞ」

父の言葉を背中で聞いて、そっと座敷を離れた。

そこからまた、きよ叔母と一緒の楽しい日々が戻ってきた。

昭和十九年、父は四十歳代半ばの壮年だったが、徴兵検査が丙種だったとかで、兵役に就くことはなかった。

町内には、女性と子ども、年寄りと病人がいるだけだった。父は町内会長を引き受け、毎日忙しくしていた。

昭和二十年に入ったある日、第四国民学校学区の町内会長会があり、何とか中将という偉い人が来て戦況について講演した。その後で質疑応答があったが、皆、勝つことを信じて発言していたが、父はこの中将の人柄を見極めて、思い切った質問をした。

「この戦争は、もう駄目なんじゃないでしょうか」

一瞬会場はしんとなり、憲兵が動き出したが、中将は手で憲兵を制し、黙秘のまま何事もなく会は終わった。

父はこの時点で、戦争は負けると確信したそうだ。町内会の集まりのときに父は、

「サイレンが鳴ったら、防空壕に避難しようとか、火を消そうとか思わないで、安全な場所に逃げるように、体さえ無事だったら何とか生きていけるのだから」

と話し、一軒一軒確認を取った。最終的には寝たきりのお婆さんが、

「自分のために家族の命まで失うことになっては申し訳ない。空襲になったら私はここに置いといて欲しい。長年住みなれたこの家で死ぬのが私の望みだから、私のことは心配せんでもええ」

と言い張り、家族や父が何度も説得したが、お婆さんの意思を変えることはできなかった。

戦争はますます激しくなり、警報のサイレンはときを選ばず鳴り響く。そんな中を私は防空頭巾を肩に掛け、手拭いと鼻紙、帳面と筆箱を入れた袋をもう一方の肩に掛けて、毎日紡績工場に通っていた。

七月には、祖母ときよ叔母が従妹弟二人と私の妹を連れて、知多の父の次姉の嫁ぎ先に疎開した。

一宮の家には父と私と弟二人と、乳飲み子を抱えた叔母とが残った。叔母は自分の子どもでない私たち姉弟に、とてもよくしてくれた。

七月の半ばを過ぎたある夜、バリバリバリとも、ドドドドッとも表現しようのない、ものすごい音に寝入りばなを起こされ、飛び起きた。父が、

「お宮の方に焼夷弾が落ちたらしい。今のうちにみんな逃げるように。おまえさんは自転車を持って行ってくれ。私は町内を見回ってから行く、気をつけて行ってくれ。輝美様、たのみます」

乳飲み子の従妹を背負って乳母車を押す叔母と、私たち姉弟は家を出た。通りに出ると釣道具屋の小母さんに会った。一緒に行こうと五人で公園通りまで出た。後ろを振り返

ると北の方が赤くなっていた。ちびの私が大きな二十六インチの自転車を引いて歩くのは大変だった。何度も自転車がひっくり返って、起こすのも大変だった。それを見ていた釣道具屋の小母さんが、

「そんなにひっくり返しとったら、逃げられせんで、今度ひっくり返ったら、そこへ捨てて逃げやあせ」

と言う。私も不安になって、自転車を捨ててしまった。

私たち三人がどんどん歩いていると、叔母と小母さんはずっと遅れていってしまう。

「叔母ちゃん、私たち先に行くから、この道を真っ直ぐ行くからね」

叔母たちから別れて公園通りを南へ南へと歩いて行った。真っ暗な道を同じように歩いて逃れてくる人たちにも出会った。軍のトラックらしい車が、何台も一宮の方に走っていく。たまたま停車したトラックに弟が駆け寄って、

「今一宮はどんな状況なんでしょう」

と尋ねると。

「我々も現地に行ってみないとわからんのです」という答えだった。暗い道をなおも南に向かって歩いた。

戦火を逃れて、夜の国道を私と弟たちはさらに南へと歩いていた。突然辺りが明るくなっ

た。驚いて空を見上げると、頭上はるかに、無数の赤い星が大きな大きな塊となって、音もなく静かに降りてくる。

「焼夷弾だ」「落ちてくるぞ」「逃げろ」辺りは昼間のように明るくなって、避難してきた人たちが右往左往している。

私たちもどうしようと、うろうろしたが、もう一度空を見上げた。

「あ！　向こうへ行くよ」「風に流されてく」「良かった」「助かった」安堵の声が上がった。

私はぼんやりと星の塊が東の方に流れていくのを見ていた。しばらく流れて、闇の中に、吸い込まれるように消えた。と思ったら、わっと火の手が上がり、家々の影が黒く浮かび上がった。〈かんかんかんかん〉と半鐘の音が鳴り響き、小さな人影が動き回るのが見えた。黒く広がる田畑のその向こうの集落に落ちなくても、手前の田畑に落ちれば良かったのにと思った。

どこまで歩いて逃げてもきりがない。木立の中に入って休もうと、私たちは木立の中に入った。そこには避難してきた人たちが、暗い中に黙ってうずくまっていた。私たちも黙って地面に腰を下ろした。どれくらいそうしていただろう。

いつのまにか周りが薄明るくなり、人の顔が見分けられるようになった。「帰ろうか」「家はどうなっとるんだろう」話し合いながら立ち上がると、ほかの人たちも体を起こし、動き出した。

「本町通り二丁目の人、いりゃあたら一緒に帰ろみゃあ」大きな声がして、ざわざわと声の方に寄って行く人たちがいる。その声に釣られるように、「〇〇町の人」「△△通りの人」と声が上がる。そのうちに「宮町の人」という声がしたので、急いで声の方に行くと「あぁ、森様、一緒に行こみゃあ」と七、八人が一緒になって帰途に就いた。一晩中歩いていたようなものだが、疲れたとも感じなかった。

途中、町の方から来る人に会った。その人は、

「みんな町へ帰りゃあすの？　町中焼けてまって熱くて入れえせんで。学校か地蔵寺様へ行きゃあすとええわ」と言った。

それではと、我が家の旦那寺の地蔵寺へ行った。門を入ると参道の南側には、大きな樹々が夏の日差しを遮っている。その下にうずくまっている人たち、本堂の縁に腰掛けている人、横たわっている人。手や足を怪我して手拭いで縛ったり、三角巾で吊っている人。大声で家族の名前を呼んで捜しまわる人。境内は疲れた顔の人、汚れた顔の人、人、人で溢れていた。

私たちも本堂の前で、父が来てくれるのを待った。ほどなく叔母が従妹を背負って、小さな風呂敷包みを提げてやって来た。

「おばちゃん、こっちこっち、釣道具屋の小母さんは」

「小母さんは学校の東の方に親戚があるとかで、そっちへ行きゃあたわ」

「叔母ちゃん、乳母車はどうしたの？」

「釣道具屋の小母さんが『そんなもん引っ張っとったら逃げれえせんで、捨ててきゃあ』と言いやあすもんで、途中で捨ててきてまったわ」

「私の自転車とおんなじだったね」

「小母さんは、ひとには『捨てやあ、捨てやあ』と言っといて、自分は最後まで乳母車を引いてりゃあたんだよ」

「いやな人」

しゃべっているところへ父が来た。

「みんな無事だったか、よかった、よかった」

「父ちゃん、自転車捨ててきちゃった」

「みんな無事だったんだで、そんなこと気にせんでもええぞ」

「腹が減っとるだろうが、食べる物は何もない。この缶の中に黄粉《きなこ》が入っとるで食べるか」

腹が減っているはずなのに空腹感がない。それでも下の弟が、抹茶の缶に入った黄粉を、匙ですくって口の中に入れていた。

「家の方は、まんだ熱くて行けんけど、温度が下がったら宮町に行って、町内の人が無事だったかどうか、見て来ないかんで、輝美様、子どもたちのこと頼みます。それから学校へ行くとおにぎりが貰えるで、食べて一休みするとええ。水道も止まっとらなんだで、水も飲めるぞ」

「義兄様も気いつけてちょうだい。今夜は弟の疎開先の萩原へ行きますで。あしたになったら、やすちゃんたちを迎えに来たげてちょうだい」

父と別れ、学校に行こうと公園通りに出る東の参道にさしかかると、両側から大きな樹がさし出て日陰になっている道端に、筵《むしろ》をかぶせられた遺体が、何体も並べられていて、筵の端から足が覗いている。怖くて目を背けて急ぎ足で通り過ぎた。

学校に着くと、講堂の入り口が開いていて、机の上のいくつかのお盆の上に、味御飯で握った大きな握り飯が並んでいた。大勢の人が行列を作って、握り飯を一つずつ貰って、校庭の木陰にうずくまって食べている。

私たちも並んで、子どもの手には余るほどの大きな握り飯を両手で大事に持って、木陰にある花壇の縁取りのコンクリートの上に腰掛け、握り飯にかぶりついた。

夏の炎天下に並んでいた握り飯は、少しぬるっとして傷み始めていたようだが、空腹の極みに達していた私たちはそんなことに構っちゃいられないと、夢中で食べた。

食べ終わると、やっと人心地がついた。

叔母も背中から従妹を下ろして、乳を飲ませ握り飯を少し食べさせた。そして風呂敷包の中から、おむつを取り出して従妹のおむつを替えた。

手洗い場に行き、水を飲んだ。しばらく休んで、日差しが少し傾きかけた頃、萩原へ出発することになった。

まだ暑い盛りなのに、叔母はまた従妹を背負って、みんな汗を拭き拭き歩き続けて、薄暗くなってから萩原へたどり着いた。

私たちは、招かれざる客のはずだが、叔母の弟さん一家は嫌な顔もせず迎えてくれた。顔や手足を洗い、体を拭いて、着のみ着のままで、雑魚寝だった。だが、歩き疲れた私たちは、泥のように寝入ってしまった。

翌朝、目が覚めると、また太陽がいっぱいの夏空だった。叔母の弟さんの奥さんが、乏しい食糧の中から私たちにも家族と同じように、朝食を振る舞ってくれた。腹一杯の食事にはほど遠かったが、とてもうれしかった。

午前中に父が迎えに来てくれた。父は、町内の人たちが寝たきりのおばあさんのほかは、皆無事だったことを叔母に伝え、叔母とその弟さん一家に、何度も何度も礼を言った。そして、私たちは一宮に向かって、暑い道をまた歩き始めた。

夏の日差しに照り映える田畑の緑、朝の微風にそよぐ木々の葉にほっとしながら歩き、国鉄一宮駅に近づくと、線路の東側は見渡す限りの焼け野原で、子どもの目には、方角もわからない不安な光景だった。父がぽつりと言った。

「家の焼け跡へ行ってみるか」

私たち三人は黙って頷いた。どの辺りに家があったのかまるで見当もつかない。土塀らしき痕跡もなく、でこぼこの白茶けた土地がどこまでも広がっていた。私たちは父の後を、とぼとぼとついて行った。

「ほれ、ここが裏口の横の蔵のあった所だ」

そう言われても、まるでイメージが湧かない。

「ふーん」

三人とも、ただ頷くだけだった。

「そこに団子を積んだような黒い塊があるだろう。買ったばかりの南瓜を蔵の軒下に積んどいたが、いっぺんも食べんうちに炭になってまったわ」

「惜しかったね」

「時々片付けに来な、いかんな」

「父ちゃん、えらいこったね」

「みんなおんなじだ。仕方がないわ。ほんなら岡田へ行こうか」

父は前日に切符を買っておいたらしく、すぐ改札口を出て汽車の来るのを待った。やっと到着した汽車は満員で、やっとの思いで乗り込み、小さい私たちは大人の乗客の間にはさまって、押し潰されそうで息苦しかった。

熱田では降りるのもひと苦労。父が「降ります。通してください」と大声で何度も繰り返し、もみくちゃになりながらようやく降りることができた。

熱田から愛知電鉄の神宮前駅まで歩き、常滑行きに乗った。始発駅なので席に掛けることができた。

毎日歩いてばかりで、疲れ果てているはずだが、気が高ぶっているのか、眠くもない。車窓から外を眺めていると、線路の両側の家々は夏の日差しに照らされて、静まりかえっている。

どれほど行った頃だろう。左手にこんもりと緑に包まれた小さい山が見えてきた。その緑の間から大仏様が迫ってきた。

「あ！　大仏様だ。弘法様も見えるよ」

「どこどこ」

「ほんとだ。聚楽園だね」

「あと四つか五つ先の駅が古見《こみ》だ。そこで降りるぞ」

「古見からバスが出とるかなあ」

「動いとらんだろう」

「ほんじゃあ知多まで歩くの」

「仕方ないだろう。父ちゃんがみんなをおんぶしてやることは、できんだろ」

「足があるんだで、歩きゃええんだがね」

「いやだなあ」

話しているうちに、潮の香がだんだん強くなってきて、右手の家々の間から、ちらちらと海が見える。家並みが途絶えたと思ったら朝倉駅で、ホームのすぐ下に海が迫ってきた。

「わあ、朝倉だ」

「次は古見だね」

さざ波がきらきらと眩しい。

まもなく古見に着いた。バス乗り場に行ってみたが、やっぱりバスは動いていなかった。

「さあ行くぞ」

駅から家並みの中の道をしばらく行くと、三差路に突き当たる。そこを右に曲がると、どぶ川に沿った道に出て、そのまま道なりに歩いて行くと、緩やかに右に曲がる。そして急に道幅が広くなり、登りの長い長いだらだら坂になる。夏の昼下がり、誰もいない広い坂道を、親子四人が手をつないで、歌をうたったり、話したりしながら歩いて行った。

長い坂道を登りきると四つ辻に出る。そこを左に曲がると知多に入るが、母の実家はまだまだ先だ。父は下の弟を背負い、

「知多に入ったぞ、もうちょっとだ。頑張ろう」

と歩きだした。私たちも仕方なくついて歩いた。道の両側にぽつんぽつんと家が建ち、

その間に田畑が広がる。田畑の向こうにも家がところどころにある。進むにつれて家の数も増し、町らしくなってきた。と、左側に大きな石柱が見えた。

「あ！　お寺だ。私来たことあるよ」

「慈雲寺だ。もうすぐだ。おじいちゃんやおばあちゃんが待っとってくれるぞ」

お寺の前を右に曲がり、すぐの三差路を左に折れ、曲がりくねった小道を登って行くと八百屋がある。その隣におじいちゃんの家の塀が見える。

「ようやく来れたね。早よ早よ行こ」

塀の向こうに大きな門。

「わぁーい、着いたよ」

門の中の広場を走り抜け、

「おじいちゃん、おばあちゃん、こんにちは」

「おお、おお、来たか来たか、えらかったなあ」

「怪我もせんと無事で、よかった、よかった」

祖父母、伯父伯母、いとこたちが出迎えてくれた。

「早よこっちぃ来て。水汲んだげるで、顔や手足を洗って一休みやあ。その間に風呂沸かしたげるで」

「ありがとうございます」

「あんたたちはお納戸の六畳で、寝泊まりしてもらおうか」

季節を問わず、いつも溢れんばかりに水を湛えている井戸は、女子衆たちが水を汲みやすいように、縁《へり》が大人の腰の高さになっている。

冷たい水で顔や手足を洗い、気持ちがよかった。

あてがわれた六畳間で、私も弟たちも手足を伸ばして、大の字になって寝そべった。風呂を焚く煙のにおいが漂ってくる。のんびりした良い気分だ。

昼夜を問わぬ警報のサイレンに怯え、地震に慌てふためき、緊張した生活がうそのようだった。

これから祖父母や伯父、伯母、いとこたちと一緒に平穏無事な生活ができると思ったのだが……。


あてがわれた六畳間でぼんやりしていると、母の長姉のとし伯母が、着替えと手拭いを持ってやってきた。

「やす子ちゃん、うちの子たちの着古したもんだけど、お風呂に入ったら着替えやあ。頭も、ちゃんと洗やあよ」

従兄弟たちは、長男の資朗ちゃん以外の四人が、我が家の子どもたちと同い年だ。

「おばちゃん、ありがとう」

そこへ父も衣類と手拭いを借りてきた。

「義姉さま、お世話を掛けます。しばらくの間よろしくお願いします」

「何もしてあげれんけど、落ち着き先が決まるまで、ゆっくりしとってちょうだい。一宮へもどりゃあすの、それとも当分、知多に住みやあすか」

「少し、考えさせてください」

「慌てんでもええで。ゆっくり決めてちょうだい」

「ありがとうございます。そんならお風呂、お先にいただきます」

父と私たちと、先に疎開してきていた妹と、親子五人がそろって一緒に風呂に入った。大きな浴槽、広い洗い場、五人一緒に入ってもゆったりした感じだ。父が小さい弟や妹の体や頭を洗ってやり、私とすぐ下の弟は自分で洗った。広いお風呂でお湯を掛け合ったり、じゃれ合ったり、キャッキャッと声を出して遊んだので、なんだか気分がすっきりしてきた。

風呂から上がって、母屋へ「ありがとうございました」と挨拶に行くと、祖母が出てきて、

「今日は、みんなでご飯を食べるでね。あんたたちの隣の部屋においでる、かよ伯母さんとこと、新家の鉄伯父さんとこも一緒に食べてもらうことにしたで。みんなと板の間に飯

台を並べてちょうだゃあすか」

「はぁい」

従兄弟たちと一緒に、板の間の端に積んである細長い飯台、七、八個をコの字に並べた。

板の間の南の端では伯母たちが、大きな釜から麦ご飯を、多い、少ないの諍《いさか》いがないように、雀印の皿に盛りつけた。岡田の家は代々木綿問屋で、雀印はその商標だった。一つ一つ秤にのせて、量を調整したものにカレーをかけると、子どもたちが飯台に並べた。

裏の畑で採れた菜っ葉のお浸しと、古漬の沢庵が皿に盛られて三、四カ所に置かれた。

「みんなご苦労さん。子どもたちはこっちの明るい方へ座りなさい。大人たちは適当に座って」

鉄伯父の言葉に、子どもたちはわさわさと席に着いた。

コの字の真ん中に祖父が座り、隣に鉄伯父、夏彦伯父、父や年嵩の従兄弟たちが座った。伯母たちや年嵩の従姉妹たちは子どもたちと向かい合わせに座った。

みんなが席に落ち着くのを待ちきれずに、カチャカチャと匙を動かす音がする。

「だれだ！　いただきます、もいわずに食べる奴は！　おじいさんと一緒に『いただきます』をいってから食べないかんぞ」

鉄伯父の大きな声に、みんなしゅんとなる。早く食べたい子どもたちは、じいっと祖父の顔を見る。

「みんな無事にここに来てくれて、本当に良かった。今日は一緒にご飯を食べるが、明日からはそれぞれに配給された食べ物でやって欲しい。不自由な暮らしになるだろうが、頑張ってもらいたい。それじゃあご飯にしようか。いただきます」

「いただきまぁす」

子どもたちはみんな、がつがつと夢中で食べた。決められた量のカレーライスは、見る間になくなったがお替わりはなく、他の人がたべているのを羨ましそうに見ながら、みんなが食べ終わるのを待って、祖父の「ごちそうさま」に合わせて「ごちそうさま」を言った。

「お皿や匙は、こっちへ持ってきてよ」

とし伯母の声に、子どもたちは各自食器を持って伯母の方へ行く。伯母たちは、いくつかのお盆に食器をのせて、井戸端へ持っていって、しゃべりながら洗っていた。

その夜は、みんな安心してぐっすり眠った。翌日からは、干し芋、豆粕、とうもろこしの粉、ほんの少しの玄米など、とても人間の食べるものとは思えないような物が配給されて、祖母やきよ叔母がくふうして調理をしてくれるのだが、食べられたものではなかった。

「ちょっとでも食べんと、体が弱って病気になるで、食べないかんよ」

祖母が言うので、とうもろこしの粉の団子や、豆粕と玄米を混ぜて炊いた粥や芋の粉の黒い団子を砂を噛む思いで食べた。

台所から板戸を開けると、かよ伯母が居候をしている部屋で、次の板戸を開けると、私達一家が居候をしている部屋だ。この二つの部屋の前は、長い続きの縁側になっていて、そのまま延びて渡り廊下になり、その途中に便所があった。便所の前を通り過ぎると、その先は帳場に繋がっている。

上がり框《かまち》の部屋と私たちの部屋の裏側は、大きな板の間で、最初に皆で食事をしたところだ。かよ伯母一家の部屋の裏側は神棚、その下が大きな物入れになっていた。

母の実家からほど近い高台に、菩提寺の慈雲寺がある。道路からすぐに幅の広い石段が見える。石段の登り口の大きな石柱に、「慈雲寺」と彫られてある。

石段の両側には、桧の大木がすくっと立っていて、薄暗い感じがする、石段を上り詰めると山門があり、塀が巡らされた中に本堂、庫裏がある。庫裏の南側の道の下には、お稲荷さんがあり、道を上ると広い墓地に出た。夏の強い日差しの中に大小、凸凹しながら無数の墓石が並んでいる。

その間に、ぺんぺん草、かたばみ、つりがね人参、あざみ、すぎな、すかんぽ、名前も知らない小さな青い花や、黄色い花の群れがあった。暑さも忘れ夢中で花を摘んで帰ったら、みんなしょんぼり萎れてしまった。それでも懲りずに、墓地でよく遊んだ。

忘れられない場所は、おしんめさん（神明社）だ。小高い山の上にあって、南側の道を上っていくと山の頂上は平らになっていて、道から右に入り拝殿までは広場になっていて、真ん中に参道がある。東側は雑木林で、その中に入ると涼しい風が下から吹き上がってきて、気持ちが良い。汗もすっと引いていく感じだが、林の中は数えきれない蝉、蝉、蝉の声で、頭の中までジーンとするほどだ。何を話していてもまるで聞こえない。そんなにたくさんいる蝉を、従弟は手でさっと捕まえる。私も何度かやってみたが駄目だった。

この広場と雑木林は、私たちの格好の遊び場だった。かくれんぼ、缶けり、初めの一歩、陣取り、鬼ごっこ等々、お腹を空かしている割には、よく走り回っていた。

広場から拝殿までの西側は、生け垣になっていて、道に出ると南から上ってきた道がそのまま北へ下りていく。坂道がカーブしている辺り、山の中腹を右に曲がると、岡田で一軒だけの割烹旅館「升磯」がある。立派な看板も煤けて、開店休業といった感じだ。さらに道なりに下りていくと、「升磯」の下に岡田町役場がある。

役場の庭には、太くて立派な龍舌蘭が植えられていた。道なりに下りていくと、平らな道と交わる。役場の下の道側には石が組まれている。その上は土堤になっていた。桜の木が何本も植わっていて、緑の葉をいっぱいに広げている。そして桜の下の土堤一面に、夏の野草が何種類も咲き乱れていた。

役場の下の道を北に行くと、右手に薬屋さん。さらに北へ上って行くと、お茶屋さん。

もっと先に行くと下り坂になり、坂の途中の左手に、中の会所がある。会所とは、春の例祭に使われる山車の収納庫と、お囃子や太鼓や、人形遣いの練習をする建物のある場所だ。

中の会所からさらに下った右手に、里の会所がある。これらはみな旧街道沿いにあり、旧道をどんどん北に行くと、新道（県道）と交わる。もう一度役場に戻り、役場の庭を通り抜けると、母の実家に通じる旧道に出る。母の実家と郵便局の前を通り過ぎると小川があって、橋を渡って東へ行くと、小高い場所の奥の会所がある。

こんな風に、私たちが東西南北あちこち遊び回っている間にも、父は何度も焼け跡を片付けに行っていた。

私も父に連れられて、焼け跡に行った。そこは、分厚い土塀も崩れて跡形もなく、土塀の脇に立っていた、大人の男性でも一抱えにできないほど大きかった花梨の木も跡さえ留めていなかった。

焼ける前の花梨の木には、五位鷺が巣を作り、冬の夕暮れに「ギャオー」と鳴き声がすると怖かった。春になると、時々薄緑青色をした可愛い卵が、落ちて潰れていることがあって、可哀想にと拾ったものだった。

焼け跡には、木の欠片《かけら》も残らず燃え尽きて、鍋釜など鉄製の調理器具でさえ形がなかった。

ある場所に、鉄の塊が土の上に盛りあがっていた。

「父ちゃん、これ、何だろう」

「場所から見て、井戸のポンプだろうな」

「ポンプだったとは、思えないよね」

「焼夷弾の火力がそれだけ強力だったったってことだな」

「みんな早く逃げて良かったね」

「宮町は良かったが、ょその町では、皆を防空壕に避難させて、町内会長が蓋を閉めたので、酸欠と蒸し焼き状態で何人も死んだそうだ」

「わあぁ、可哀想だったねェ……」

「戦争とは、そういうもんだ。罪もない人がようけ（たくさん）死ぬんだ。戦争に行きたくないのに、赤紙（召集令状）一枚で兵隊に取られる」

「戦争って、いやだね」

「また艦載機が来たら、機銃掃射に遭うぞ！　早よ知多へ帰ろう」

一宮から国鉄の汽車と愛電を乗り継いで、私たちは知多に帰った。

知多に来たばかりの頃、郵便局長で大政翼賛会の会長をしていた鉄伯父は、父のオールバックの頭を見ると長髪は非国民とばかりに、バリカンできれいさっぱりと丸坊主にしてしまった。

鉄伯父は、父の義兄で仲人でもあるので、母を死なせてしまった父は、ただ畏《かしこ》まってされるままにしていた。


戦争は激しさを増し、豊橋の軍需工場が爆撃されて、大勢の人が一瞬にして命を落とした。その中には学徒動員で働きに来ていた中学生や女学生が、何人も巻き添えを食って亡くなったとか、空襲警報のサイレンが鳴って、避難しようと防空壕に向かって走っている人の列が機銃掃射に遭い、バタバタと何人かが亡くなったとか、人の死が、日常茶飯事のように話題になっている異常な時期だった。

とはいえ、知多での暮らしは一宮の暮らしとは比べものにならない、のんびりしたものだった。

B29の編隊が轟音を響かせて上空を通過していくのを、建物の陰で見遣りながら、「今日はどこを爆撃するんだろう」と話し合ったり、流れ弾の爆弾が畑の中に落ちて大きな池になったとか噂する程度で、身の危険を感じることはほとんどなかった。

そんなある日祖父が、

「明日のお昼に重大放送があるので、昼ご飯前に床台の所にみんな集まるように」

と言った。

翌日八月十五日、お昼前から大人も子どもも、何が放送されるのかと、床台の周りに集まった。夏彦伯父がラジオの調整をしている。ピーガーという雑音が少なくなって、やっと何とかアナウンサーの声が聞き取れるようになってきた。よくはわからないが、天皇陛下が重大なことをお話しになるらしい。

みんな耳を欹《そばだ》て、緊張してラジオを見詰める――と雑音の中から、くぐもったような天皇陛下の声が聞こえてきた。なんだかよく聞き取れない。むずかしい言葉がわからない。

放送が終わっても、子どもたちはきょとんとしていた。「今のお話なんだったの」「ようわからなんだ」と大人たちの顔を見回した。大人たちは複雑な顔をしている。祖父がぼそりと言った。

「戦争は終わった。日本は負けた」

「なんだあ、負けたのか」「もう、空襲警報のサイレン鳴らないんだね」「夜、暗くせんでもええんだ」子どもたちは勝手なことを言いながら、貧しい食事をするために、それぞれの部屋に戻っていった。

戦争が終わったことで解放された気分にはなったが、生活が急に変わる訳もなく、衣食はすべて配給で、相変わらず家畜の飼料のようなものを食べていた。

栄養状態が悪いので、ちょっとした擦り傷でもすぐ化膿した。

昼間、人が働いている間は、おとなしくしている蚤や虱が、夜、人が静かに眠ったと思うと活動し始める。

「あっ痒い。蚤に食われた」「電気つけてもええ?」「灯火管制はのうなった(なくなった)で、つけてもええぞ」

電灯をつけると、みんなシャツを脱いで裏返し、縫い目の辺りをそっと見る。蚤は茶色で縫い目の陰にかくれているが、捕まえようとすると、ぴょんぴょん跳ねるので、なかなか捕まらない。やっとの思いで捕まえたら、逃がさないように指先でぷちんと潰す。虱は蚤より小ぶりで、動きも鈍いのですぐ捕まえられそうだが、色が白く縫い目の間に潜んでいるので、見つけるのが大変だ。

みんなが「潰した」「逃がした」だのと言っているうちに、手の動きが鈍くなり、目がとろんとしてくる。その頃合いを見計らって、父が電灯を消す。

それでも電灯がつく夜は良いが、何の前触れもなく停電することが日常茶飯事のようなものだったから、ロウソクや小さいランプは手放せなかった。マッチも自由に手に入らないので、一本一本大切に使った。ランプの油は父がどこからか手に入れてくるのだ。とにかく、無駄遣いをしないように、夜は暗くなったら寝る毎日だった。

終戦の日の前後から、私はお腹の具合がおかしくなった。便がゆるくなり、時々しくしく痛んだ。それでも、豆類やとうもろこし粉の団子などを食べていたが、だんだん症状がひどくなり、何を食べても胃の中に留まらず、下痢になってしまった。

きよ叔母に話すと、すぐ医者に連れていってくれた。医者は「大腸カタルです。静かに寝かせて、重湯《おもゆ》を飲ませてあげてください」と言った。薬も出ない、まして点滴などある訳もない。

部屋に戻ると、きよ叔母が布団を敷いて寝かせてくれた。本家からお米を少し分けてもらって、私のために重湯を作ってくれた。お腹は空いているので喜んで飲んだが、暫くするとお腹がしくしく痛くなり、慌てて便所に行くと、もう下痢だった。朝昼晩と重湯を飲んでも、下痢を繰り返し、ががんぼのように、ひょろひょろに痩せ、便所に行こうにも一人では歩けないほどで、「便所に行きたい」と言うと、きよ叔母が私を支えて連れていってくれた。便所のちり紙は、新聞紙を適当に切って、それを揉んで使っていたが、きよ叔母は私のために、柔らかいちり紙を手に入れてきて、私が便所に行くたびに一枚ずつ渡してくれる。その一枚のちり紙を持って便所に入り、用を足して、またきよ叔母に支えられて寝床まで連れていってもらう。

ある日、大切な一枚のちり紙を、ふわりと便所の中に落としてしまった。『どうしよう。大事なちり紙が落ちちゃった』と悩んだが、思い切って、「おばちゃん、紙落としちゃった」と言ったら、きよ叔母は奥へ行って、一枚だけ持ってきてくれた。

そんなことを一週間ほども続けているうちに、下痢の間隔も少しずつ延びて、お腹の方もちょっと落ち着いてきたように思ったが、医者はまだ、「重湯にするように」と言っていた。

暑い中、一人で寝ていると、板戸が少し開いて、二つの目がキョロキョロと動いた。私一人なのを確かめると、板戸がするすると開いて、かよ伯母のところの由美姉さんが顔を出した。

「やす子ちゃん一人？」

「うん」

「具合はどう？」

「下痢は前ほどひどくはないけど……」

「何食べてるの？」

「お医者さんがまだ重湯だけにしなさいって言うから、重湯だけ」

「お腹すいてるでしょう」

「ぺこぺこだけど、他の物を食べて、また下痢がひどくなったらいやだもん」

「おさつまの新芋が手に入ったの。ふかしたから食べてみなよ」

と大人の親指くらいの太さで、十五センチほどの可愛いさつま芋を取り出した。

「食べたいけど——。お腹の具合がひどくなったらいやだから、やめるわ」

「重湯ばっかりじゃあ体がもたないよ。とろとろになるまでよく噛んで、ゆっくり食べたら大丈夫だよ」

「大丈夫かなあ」

「大丈夫だってば。顔色も良くなってきたし、お便所にもあんまり行かなくなったじゃない」

「うん、そうだけど」

「食べて、もし下痢がひどくなったら、きよ叔母さんに黙ってれば。なんともなかったら、お芋を食べたって言えばいいじゃない。ねっ食べなよ」

「うん、わかった。食べてみる。ありがとう」

「ゆっくり食べてよ」

と言うと由美姉さんは、可愛いお芋を私に渡して、板戸を閉めた。

二口で食べられそうな小さなお芋を、少しずつ口に入れて、ゆっくりゆっくり噛んだ。新芋の仄かな香りと甘味が口一杯に広がって、飲み込むのが勿体ないように思え、何度も噛んだ。唾と一緒に飲み込んだお芋が、喉を通ってお腹に入っていくのがわかって、うれしくて一人でニコニコしてしまった。

その日は夕方まで、便所に行かなくて済んだ。うれしくて由美姉さんとの一部始終を、きよ叔母に話した。きよ叔母は「よかった、よかった」と喜んでくれて、すぐに板戸を開けて、かよ伯母や由美姉さんにお礼を言った。

その日を境に、きよ叔母は消化のよさそうな物を柔らかく炊いて、私に食べさせてくれるようになった。下痢も止まり、軟便になっているのがわかった。顔色もよくなり、一人で便所に行けるようになったが、まだお腹に力が入らず、物を持ち上げたり、長く歩いたりすることはできなかった。


夏休みも終わりに近づいた二十日過ぎに、母の実家の近くの二軒長屋の一軒が空き家になったので、そこを借りることになり、数えるほどの少ない家財道具と、母の実家から譲ってもらった寝具を持って、祖母、きよ叔母、父と私たち兄弟四人の計七人が、六畳二間で生活することになった。

炊事場と物置と便所はすぐ横の別棟になっていた。水道はなく、少し離れたところの井戸の水を使うのだ。私は大事を取って、まだ床についていた。

時を同じくして、かよ伯母一家も自分たちの土地のある知多郡阿久比村に引っ越して行った。

祖母ときよ叔母は毎日、炊事、洗濯、子どもたちの世話と忙しくしていた。二軒長屋の不自由な生活にも、少し慣れてきた頃、新学期が始まった。

芋掘り

昭和二十年八月の初旬、農業の時間は芋掘りだった。空は真っ青に晴れ上がり、農作業には絶好の天気。

学校の農具小屋から、鍬、備中、鎌を取り出し、掘った芋を積むための箱車二台を引き出して、芋畑のある袖山を目指して出発をした。

私も鎌を担いで皆と一緒に歩き出した。袖山というから山の上かと思っていたら、緩やかな、だらだら坂を上って行く。左側は雑木林、右側は少し低くなっていて、田圃《たんぼ》が広がっている。

地面いっぱいに広がっている芋蔓を、鎌で切り畑の端に寄せて鍬を入れると、一つの株からたくさんの芋が出てくる。その芋を箱車に積んで学校に帰る。

このさつま芋は、明日の給食に蒸して出されるということだ。級友たちは元気に鍬や備中を振るっているが、病み上がりの私は、一振り二振りしただけで胸が苦しくなり、息もできないくらい辛くて、鍬にすがって立っているのがやっとだった。

みんなが自分の畝を掘り起こしてしまったというのに、私は一歩も前に進むことができなかった。「どうしよう」と思っていると、一人の男子生徒が私の畝をどんどん掘り返し、あっという間に終わってしまった。立っているのがやっとの私は、お礼を言うこともできず、ただ立ち尽くしていた。

掘り起こしたさつま芋が箱車に積み込まれ、鍬や備中を肩に担いで帰り支度ができても、私はまだ動けなかった。女子生徒が二、三人寄ってきて、「森さん、どうしたの?」「大丈夫?」「鍬、持ったげるで行こ」と呼びかけてくれたが、私はまだ声も出ない状態だったので、こっくり頷いただけだった。

それを見ていた稲葉先生が声をかけてくださった。「大丈夫か? みんなと一緒にゆっくり帰って来い。そこの三人、頼んだぞ」「はあい」みんなからどんどん遅れ、ゆっくり歩いて何とか学校に帰り着いた。先に帰った人たちは農具をきれいに洗って、農具小屋に運んでいるところだった。

箱車に山盛りだったさつま芋は、小使い(用務員?)室兼給食室の方に運ばれていた。私は級友の一人に教室まで連れていってもらい、自分の席に崩れるように座り込んだ。

「後片付けが済むまで、そこで休んどって。私も手伝いにいってくるからね」

級友はそう言って教室から出て行った。私は机に俯《うつぶ》せになって、うとうとと眠ってしまったようだ。どれくらいそうしていたかわからないが、ざわざわとした人の気配に顔をあげると、作業を済ませた級友たちが元気な顔で入ってきた。

みんなが席に着くのを見計らったように、稲葉先生が教室に入ってこられた。

「起立」「礼」級長の声に、みんな立ち上がり礼をした。

「着席」がたがたと席に着く。

「今日はご苦労さん。明日は小学校も高等科も給食ができるようになった。これもみんなのお陰だ。本当にご苦労さんだったね。転校してきたばかりの森さんは大変だったろうが、早く元気になって、知多の生活に慣れてください。それから当番の者は、牛の世話を忘れんように。それでは今日はこれで終わりにします」

「起立」「礼」級長の声にみんながたがたと立ち上がり、礼をすると、自分の持ち物を持って三々五々帰り始めた。私はまだ友達もいないので、一人で帰ろうとしていると、一人の女子生徒が寄ってきた。

「私、末子。森さんの家、山之内さんの近くだろ。一緒に帰ろ」

と誘ってくれた。学校から家までは、十分ぐらいだ。途切れ途切れの話をしながら帰ってくると、家の少し手前の道で末子は、

「私は、ここ曲がったすぐそこの家だで、遊びに来てね。さようなら」

と手を振る。私も「さようなら」と手を振って別れ、少し歩くと家に着いた。

「行ってきました」

「おかえり。よかったか。どうもなかったか。まあ早よ寝やあ」

祖母ときよ叔母が心配そうに出迎えてくれ、すぐ布団を敷いてくれた。倒れるように床に就くと、どっと疲れが出て、すぐ寝入ってしまった。

「やすちゃん、やすちゃん」

と呼ぶ声に目覚めると、夕食の支度ができていた。父や弟や妹が飯台の前に座っていた。

「お前さんも、こっちで食べるか」

父が言った。

「うん」と言い、もぞもぞと起き上がり、飯台の前に座った。

「今日はやすちゃんも食べれるように、お芋の入ったお粥にしたで、食べやあ」

お米が主になったお粥なんか滅多に食べられないので、みんな喜んで食べていたが、割り当てられたお粥はすぐなくなった。祖母が言った。

「今日の晩御飯はこれでおしまい。ごちそうさま」

みんな恨めしそうに空っぽのおかまを覗き込んだが、ないものはない。仕方なく「ごちそうさま」を言って、私はすぐ床についた。小さい妹や弟は「キャッキャ」とじゃれ合っている。

父も一緒に遊びながら、時々なぞなぞを出す。二人が見当違いの答えを言うと、「そうか?」「ちょっと違うぞ」などと言いながら、にこにこしている。ぴったりの答えが出ると、「当たり……、ようわかったなあ」とうれしそうに言う。

床の中で聴いている私は、答えがすぐわかってしまってつまらないのに、いつまでなぞなぞごっこをやっているのだろうと思いながら、ぼんやり聞いているうちに眠ってしまったらしい。

「みんな、早よ起きやあ。学校に遅れるよ」

という声に目を覚ますと、弟や妹も起きだしていた。私も起きて寝ぼけまなこで、「おはよう」と飯台の前に行くと、大きい皿の上に、黒っぽくて平べったいお団子がのっていた。芋の粉の団子だ。見た目は悪いがちょっぴり甘くて、とうもろこしの粉の団子や豆粕を炊いたものに比べたら、いくらかましな食べ物だった。

弟や妹はもう食べていた。私も「いただきます」と食べ始めた。

「やすちゃんは、よう噛んで食べやあよ。みんな、お団子は二つずつしかないで、人の分まで食べたらいかんよ」

きよ叔母が言った。三つ目に手を伸ばしていたすぐ下の弟は、

「なんだあ、まあ終わりか。腹減ってまうなあ」

と言いながら登校の準備をして、「行ってきます」と出て行った。私と妹も少し遅れて、二人一緒に「行ってきまあす」と学校へ向かった。一番下の弟は今日も一日、父と楽しい日を過ごすのだろう。

今日は級の男子生徒全員と女子生徒の半分が畑の手入れに行き、女子生徒の残り半分は小使いさんを手伝って、昨日のさつま芋を給食に出せるように、洗ったり切ったり、大きな釜で蒸したり。何年何人と書かれた紙が届いているので、蒸し上がった芋を人数分ずつ笊《ざる》に入れて、人数を書いた紙をのせていく。

暑いので湯気の中の作業は大変だった。私はなんだか気分が悪くなり、しゃがみこんでしまった。

すかさず末子が、

「森さん、どうしたの」

と声をかけてくれる。小使いの小母さんが、

「見かけん子だねえ。転校生かい」

「うん。山之内さんの親戚の子で、焼け出されて知多へ来たんだとお」

「ほうか。慣れるまではえらいだらーけど、知多もええとこだに、まあそこの畳の部屋で休んでりゃあ」

「すみません」

小使いさんの部屋で横になった。炊事場のざわめきが心地よい子守唄のように私の心に入り込み、いつしか寝入ってしまった。

「森さん、具合はどう」

と言う声に飛び起きた。上り框《かまち》の向こうに末子の優しい顔があった。

「ああ、治ったみたい」

「よかったね。私たちも教室に行って、お芋食べるの」

「ありがとう。手伝えなくてごめんね」

「いいよ。みんな待っとるで、早よ行こ」

さつま芋の入った笊を抱えた昌子を先頭に教室に入ると、待っていたみんなの顔が輝いた。昌子の抱えた笊から、光子と良子がさつま芋を配る。

「おい、俺に一番大きいのをくれよ」

「何言っとるの。そんな依怙《えこ》贔屓《ひいき》はできんよ」

「ちぇっ、根性悪」

そんなやり取りを、みんな面白そうに見ている。さつま芋を配り終えると、にこにこ見ておられた高瀬先生が、「それでは食べるとするか。いただきます」

みんなもそれに合わせて、

「いただきます」

大きく切られたさつま芋にかぶりつく。私もみんなにつられて、大きな口を開けてかぶりついた。お腹の調子が——なんて忘れてしまった。

「ごちそうさま」が済むと、高瀬先生が、

「お昼の放課が終わったら、午後は学校の田圃に行って、みんなで蝗《いなご》を捕ってきてもらいます。明日はさつま芋と蝗の給食です」

昼の放課が終わると、私たちは運動場に並んだ。稲葉先生が鎌を二丁持ってきて、級長と副級長に渡した。

五分ほど歩いた道路脇の笹薮に、二人が鎌を持って入り、細い笹を何本か切り取ってきた。そこから少し坂道を上ったところに学校の田圃があり、稲葉先生が立ち止まり、

「ここで蝗を捕ってもらいます。各自笹一本、早い人は二本くらい捕れるかもしれませんが、笛が鳴ったら終わりにします。それでは始めてください」

みんなはそれぞれに田圃のなかに入ったり、あぜ道から手を伸ばして捕り始めた。私はどうしたらよいかわからず、笹を持ったままぼんやりしていた。すかさず末子がやってきて、

「ほれ、そこの葉の上におるのが蝗だで、手でぱっと捕まえてぇと、この笹に刺すんだわ」

とやって見せてくれる。

「生きたまんま、笹に刺すの可哀想」

「何言っとるの、蝗は稲の葉や穂を食べる害虫だで、ようけ捕った方がええんだよ」

「ほんと、やってみる」

怖々手を出してみるが、そんなへっぴり腰では蝗の方が感知して素早く跳んでしまう。思い切って掴んだが、ギザギザした足の感覚にたじろいで、思わず手を開いて逃がしてしまう。それを見た末子が、

「狙いを定めて、背中の方から指で腹をつまむようにすると、痛くないし笹に刺す時もうまく刺せるよ」

と教えてくれたが、指で捕まえるのは難しい。やっとの思いで捕まえて、手足をばたつかせて逃げようともがいている蝗の、腹から背へ尖った笹を、やっとの思いで突き刺した。〈ああ、やっと一匹捕まえた〉と思って、辺りを見渡すと、早い人はもう二本目の笹もいっぱいになっている。それを見たら、もろこを串に刺して焼いて、甘露煮にしたのを思い出した。

そんなことを思いながら、三匹目の蝗を笹に刺したところで、ピーと笛が鳴った。

「今日はこれで終わりにします。ご苦労さんでした。蝗は笹に刺したまま、学校へ持って帰ります」

みんな「がやがや」喋りながら帰った。学校に着くと、小使い（用務員）さんが大きな木箱を用意して待っていた。

「笹にさしたまま、箱に入れてちょう」

みんな次々に笹を箱の中に入れ、校庭に整列した。

「今日はご苦労さんでした。明日は変わった給食が出てくるようで、楽しみです。それでは解散」

稲葉先生の声に、皆一斉に、

「さようなら」

とそれぞれ家路に向かった。私も帰りかけると、末子と雪子がやってきて、

「私たち隣同士。一緒に帰ろう」

と言うので三人で帰った。家の近くの曲がり角で、末子と雪子は別れて行った。

「行ってきました」

元気よく家に入ると、祖母ときよ叔母は、

「おかえり。今日は何ともなかったか、元気がようなったようだなぁ」

「お芋を蒸しとるとき、ちょっと気持ち悪かったけど、お芋食べたら治っちゃった」

「よかった、よかった」「よかったなあ」

と喜んでくれた。

次の日は、午前中、組の男子生徒と女子生徒の半分は刈田の手入れに行き、女子生徒の半分はまた給食の手伝いだった。さつま芋を洗って切り、大釜で蒸す。

昨日捕まえた蝗は、小使いさんが笹から外して、きれいにしておいてくれた。直径四十センチにある大きな焙烙《ほうろく》で蝗を炒める。大きな木杓子《きじゃくし》でかきまぜて、火が均一に通るよう

にする。

一人に三匹ずつの割合で、人数分をアルミのバットに盛っていく。全校生徒の分を作るのに、五、六回は蝗を炒った。熱気のため、頭のてっぺんから体中を汗がたらたら流れる。顔は仁王様のように真っ赤になった。それでも今日は気分が悪くならなくて、みんなと作業しているのが楽しかった。

蒸した芋を笊に盛り、蝗の入ったバットと、味噌の入ったボールを持って、各教室に配った。全部配り終えると、やっと自分たちの番がきた。小使いの小母さんが、

「残った蝗は、みんなあんたたちの組へ持ってきゃあ。私はこんだけありゃええで」

とバットに山盛りの蝗を差し出した。味噌もボールに多めに入れてあった。

「こんなに食べられる?」

「残ったらどうするの?」

みんなが口々に尋ねると小母さんは、

「ええの、ええの、残ったら畑の肥やしにするで」

「そうか」「そういう手があったか」

と納得して教室へ急いだ。

教室では男子生徒が待ちかねた様子で、

「腹減った」「早よ食べたいよ」などと騒いでいる。

また昌子が笊を抱え、光子と良子が芋を配る。その後から末子が蝗のバットを持ち、まち子がお皿代わりに、新聞紙を切った上に蝗を三匹ずつのせて、味噌をのせていく。配り終えると高瀬先生が、

「ご苦労さん。これだけでは君たちの腹は満たされんだろうが辛抱、辛抱。蝗も味噌もまだあるから、欲しい人はお替わりしていいよ。じゃあ、いただきます」

「いただきます」

みんなと一緒に、私もお芋を一口、それが口の中にあるうちに、蝗をかじってみた。見た目は悪いが、パリパリして香ばしい匂いがする。小さい魚の干物を焼いたような食感で、思ったより食べやすいと思い、何とか三匹は食べることができた。男子生徒の何人かは、もう蝗のお替わりをしていた。女子生徒でお替わりをする人はいなかった。みんなの心配をよそに、蝗はきれいに片付いた。

「ごちそうさま」が済むと、給食の後片付けをする人、牛の世話をする人と、それぞれの仕事を終えて、みんな教室に戻り高瀬先生のお話を聞いて、級長の「起立」「礼」でみんな帰り支度を始めた。私は今日も末子と雪子と一緒に帰った。

脱穀

昭和二十年十月中旬。農業の時間は脱穀だった。

農業担当の稲葉先生の指導に従い、大きいリヤカーを引き出し、足踏みの脱穀機、筵《むしろ》、箕《み》、とうみ（図参照）などを積み込み、青空の下を学校から近い刈田に向かった。

十月の初めに刈り取り、はざ木に掛けられていた稲束は、連日の晴天続きで十分に乾いている。

刈田と刈田のちょっとした広場に、皆を集めて稲葉先生が指示を出した。

「この広場の左前の方に筵を三枚敷いてください。隙間のないように、右後ろにも三枚敷いてください。正二君、七男君、左前の筵の上に脱穀機を置いて、わかっていると思うが、脱穀機の上から向こう側に筵を被せてください」

先生が大声で言った。

「はぁい」

生徒も元気に答える。

「次に正志君、孝明君、〝とうみ〟を右後ろの筵の上に置いてください」

「はい」

男子の五人は、はざ木に掛けてある稲束をはずして、女子に渡す。女子の五人は稲束を脱穀機の右に積んでください」

「先生！　稲束はどっち向きに積んだらええですか？」

美千代が聞いた。

「脱穀機の右に穂先を向こうに、切り口が手前になるように並べて積んでください」

「はい」

こくりと頷いた。

「みよ子さん、あいさん、夏美さん、利恵さん、美津さんは〝とうみ〟をお願いします。役割は五人で話し合って決めてください」

「はぁい。ほんなら私とみよちゃんが籾を箕に入れて、〝とうみ〟に入れるわ」

と夏美が言った。続いて利恵が、

「私は〝とうみ〟を回すわ。あいちゃんと美っちゃんは出来た籾を箕に取って麻袋に入れて——。途中で交代しやええでしょう」

「うん。わかった」

美津とあいが頷いた。稲葉先生の声はまだ続いた。

「女子の残りの四人は、脱穀の終わった藁を刈田の方に運んでください。あと敏広君、淳三君、牧夫君、陸男君、富男君、雄二君は、藁の始末をしてください。それではそれぞれの持ち場について作業を始めてください」

先生の指示通りに、みんな一斉に作業に取りかかった。私は軽くなった藁束を運ぶグループだった。

農業のことは何も知らない私は、何を見ても珍しく、農機具をどのように使うのかとわくわくした。

七男が積み上げた稲束を正二に渡すと、正二は脱穀機を、グワァ、グワァと踏みながら、右手で稲束を受け取り、両手に持ち直して脱穀機に差し込み、稲束を回してしっかり籾を落とし、左手で軽くなった藁束を後ろに投げる。

孝明は運ばれて積み上げられた稲束を、七男が取り扱いやすいように七男の方に寄せていく。正志は正二の後ろに溜まった藁束をまとめて、女子の肩に担がせてくれる。女子はそれを男子のいる刈田に運んでいく。

そこには敏広と淳三が待っていて、藁束を三カ所に分けて置くと、牧夫と陸男と富雄が切り口を真ん中にして円形に整え、三本ほどの藁で留めながら積んでいく。

美代子と夏美は脱穀された籾を箕に入れて、〝とうみ〟の漏斗《ろうと》からゆっくりと注ぎ込む。利恵が取っ手を静かに回す。すると、軽い稲の葉や茎は真っ直ぐに横の穴から飛び出し、籾は下の筒状の部分から斜めに外に出てくる。出てきた籾を、あいと美津が箕に受けて麻袋に入れる。

上手くできているなあと、感心して見とれていると、正志の声がした。

「森さん！　早よ藁持ってってくれないかんがね」

「あ、ごめん。ぼんやりしとって……」

慌てて藁を担がせてもらって刈田に運んだ。刈田では藁が積み上げられて、藁葺きの屋根のような形になっていた。何度も藁を運んで、藁葺き屋根の家の形がいくつもいくつも刈田に並んだ。

藁運びが一段落したところで、また〝とうみ〟の方を見ると、漏斗にゆっくりと籾が注ぎ込まれている。その向こう側で、取っ手がゆっくりと回されていた。

「どうして、籾を一度にたくさん入れないの」

そばにいた真理に聞いたら、

「そんなに入れたら、籾も塵も一緒に落ちてっちゃうで、ゆっくり入れるんだわ。取っ手もゆっくり回さんと籾まで塵と一緒に飛んでっちゃうで、時間がかかってもゆっくりやらないかんのだわ」

と、丁寧に教えてくれた。

「ふうん」

と、私は納得した。

山と積まれていた稲束も全部脱穀が終わり、脱穀機も片付けられた。筵の上に落ちた籾は丁寧に集められ、箕に入れられて、〝とうみ〟にかけられた。

藁束も残りが少なくなって、皆で一度ずつ運んだら終わった。藁葺き屋根の形の始末もあと少しになって、六人の男子は最後の一つを一緒に作っていた。

広場のほうでは、脱穀機がリヤカーに載せられ、筵も一枚ずつ積み込まれていた。最後に〝とうみ〟が積み込まれ、残っていた筵が積まれて作業は終わった。後には麻袋に詰められた籾が残った。籾はどうするのだろう、と思った途端に、

「脱穀をしてくれた五人で、籾の番をしとってください。リヤカーの荷物を降ろしたらもう一度来ますので、しっかり見とってくださいよ」

稲葉先生に言われて、男子生徒たちがリヤカーを重そうに引っぱって行った。

私たちも、少し疲れた足取りで学校に帰り、農機具をそれぞれの置き場所に納めた。

空になったリヤカーで、牧夫と淳三が籾の袋を取りに戻り、籾の番をしていた五人と、リヤカーを引いて行った二人が学校に戻ってきた。

袋の籾を乾燥機に入れて、一日の農作業が終わった。

あとがき

自己満足で書きなぐった文章にお目を通してくださり、ありがとうございました。

「初美」も高校三年生になり、共働きの両親を手伝い、年老いた私を思いやり、少女時代を謳歌しております。

拙著の出版にあたり、風媒社編集長の劉永昇さん、かつて所属していた同人誌『文芸きなり』主宰の石川好子さんに大変お世話になりました。

厚く御礼申し上げます。

二〇二四年一二月

著者

［著者略歴］
佐々木 やす子
愛知県名古屋市生まれ。
1951年、愛知県立横須賀高等学校卒業。同年5月、阿久比村立草木小学校に赴任。
1959年、阿久比町立英比保育園。同年4月、横須賀町立高横須賀保育園。1967年、同保育園を退職し結婚。
高校生の頃から学校の文集などに文章を発表。結婚後、保険外交員をしていた時、「文芸きなり」主宰の石川好子氏と出会い、同人となる。

装画◎石原 佳子

初　美

2025年1月31日　第1刷発行　（定価はカバーに表示してあります）

著　者　　佐々木 やす子

発行者　　山口　章

発行所　名古屋市中区大須 1-16-29
振替 00880-5-5616 電話 052-218-7808　風媒社
http://www.fubaisha.com/

＊印刷・製本／モリモト印刷
ISBN978-4-8331-5466-6